プロレタリア短歌

Puroretaria Tanka

松澤俊二

コレクション日本歌人選079
Collected Works of Japanese Poets

笠間書院

『プロレタリア短歌』——目次

凡例

一、本書には、一九二〇年代後半から三〇年代にかけて興隆したプロレタリア短歌を五十首載せた。

一、本書は、プロレタリア短歌の歴史資料としての重要性を考慮し、個々の作品内容だけでなく、その背景となる同時代の社会、経済、文化状況等も明らかになるよう努めた。

一、短歌は、主に『プロレタリア短歌・俳句・川柳集』（新日本出版社）に掲載されているものから選出したが、同時代の関連する歌集や雑誌からも補った。

一、テキスト本文は、可能な限り初出時の表記を採用した。ただし適宜ふりがなをつけて読みやすくした。

一、本書は、次の項目からなる。「作品本文」「出典」「鑑賞」「脚注」「関連年表」「解説」「読書案内」「歌人名索引」。

一、鑑賞は、一首につき見開き二ページを当てた。

＊本書で使用した資料の収集・閲覧にあたっては、日本現代詩歌文学館の濱田日向子氏より格別なご高配を賜った。記して、感謝を申しあげたい。

プロレタリア短歌

01

あぶれた仲間が今日もうづくまつてゐる永代橋は頑固に出来てゐら

坪野哲久*

【出典】「永代橋」（『*プロレタリア短歌集―一九二九年メーデー記念』）

復興する帝都の底で

一九二三（大正一二）年九月一日、南関東を襲った大規模な地震と火災は一〇万を超える人命を奪い、東京市域の三分の二を焼失せしめた。その後、総額でおよそ七億円の巨費が投じられて区画整理、公園設置、上下水道やガスの整備、鉄筋コンクリートの学校建設などが進められた。無慮無数の労働者が帝都復興に関わり、事業の最前線で腕を振るった。

掲出歌で詠まれている*永代橋《えいたいばし》も震災後に再建された復興橋梁《きょうりょう》である。し

*坪野哲久―石川県に生まれる。「アララギ」などを経て一九二八年に新興歌人連盟に参加。プロレタリア歌人としての立場を鮮明にした。実生活ではガス会社などに勤務しながら労働運動に加わった。（一九〇六―一九八八）

*『プロレタリア短歌集―一九二九年メーデー記念』（一九二九、紅玉堂書店）―プロレタリアとは自身の労働

かし、その橋には現在、仕事に「あぶれた仲間」たちが「うづくまつてゐる」という。「今日も」とあるから、職のないことが常態化しているのだ。

実際、この歌の詠まれた一九三〇年前後は、恐慌も重なって失業問題が最も深刻化していた時期である。同年の国勢調査*では失業者総数は約三二万人、失業率は約五%に達したとの記録がある。職がなく、「食」も満足に取れない空腹の仲間たち*が、時間を持てあまして永代橋に寄り合っている。「頑固に出来てゐら」と吐き捨てたような結句《けっく》が印象深い。その語には労働者が築いた橋の頑丈さを誇る思いと、しかし、その我々が空腹にあえいでいるのに揺るぎもしない橋（つまり周囲の環境）への不満が交錯《こうさく》している。

　　橋や道が*立派になる時や労働者の俺達が東京を追はれる時だ

労働者たちの不満と不安はこのような歌にも現れている。「橋や道が立派になる時」は「俺達が東京を追はれる」という。復興がなって東京が新生した時に、労働者はお払い箱になるというのだ。

震災や不景気により痛めつけられた労働者の自尊感情は、転じて、彼らを取り囲む社会への痛憤《つうふん》となっていく。02で説明するようなマルキシズムがそれを方向付けて、「プロレタリア短歌」運動が勃興することになる。

力を資本家（02脚注参照）に売って生活する賃金労働者のこと。無産者ともいう。一八名による二九二首を収録。発行後即発売禁止となった。

*永代橋―隅田川にかかる。皇居・東京駅方面と労働者の多く集住した江東区方面を結ぶ境界的な位置にある。

*同年の国勢調査―この箇所は加瀬和俊『失業と救済の近代史』（二〇一一、吉川弘文館）参照。

*空腹の仲間たち―岡部文夫「物もいはれないまでに腹がへつたんだ、仲間は眼ばつか光らせて永代橋にへばりついてる」（『どん底の叫び』一九三〇、紅玉堂書店）参照。

*橋や道が……―内藤雅之助「労働者の歌」（「短歌前衛」一九二九・一一）

02

夜明けの様に大洋の様に暴風の様に大衆の心に沁《し》みこんでゆく階級意識！

中村黒尉*

【出典】「泣いてはゐない」(『プロレタリア短歌集――一九二九年メーデー記念』)

広がるマルキシズムと目覚める労働者

「階級意識」は、「大衆」を導く「夜明け」のほのかな光である。また彼らを抱く穏やかな「大洋」でもある。しかしその心を「暴風」に巻き込む契機でもあったという。

そもそも「階級意識」とは何か。当時*の辞書は、「労働者階級が自己階級の利害と使命とを自覚し、資本家*階級と闘争し、歴史的使命を達成しようと

*中村黒尉――詳細不明。

*当時の辞書――共生閣編集部編『プロレタリア辞典』(一九三〇、共生閣)、「階級意

する観念体《イデオローギー》」という。さらにここでは、このような考え方を提唱したのがドイツの経済学者・思想家のマルクスとエンゲルスだったこと、彼らの思想（マルキシズム）に基づいて社会変革を目指す人々がマルクス主義者（マルキシスト）と呼ばれたことも抑えておこう。

　さて、階級意識に目覚めた者は、見るところの世界を一変させることとなる。同じ一連からさらに引く。

そうだ！その通りだ！やられてゐるのだ！あいつらは敵だ！お互に隣人
の手を握つて起《た》つのだ！
血がたぎるぢやないか俺も満更廃物《はいぶつ》ぢあなかつたこの大きなものと大き
なものとの闘ひのさ中に

目覚めた「俺」は、「敵」である「あいつら」（資本家階級）から「やられてゐる」自分に気づき血をたぎらせる。そして「満更廃物ぢあなかつた」と自身の尊厳を取り戻す。そして同じ階級の「隣人の手」を握って「起つのだ！」と周囲に呼び掛ける。

　こうして階級意識が労働者の心に浸潤し、かき乱し、資本家との激しい闘争へと導いていく。まさに「暴風」のなかの目覚めである。

識」の項目を参照。

＊資本家（階級）―工場や機械、原材料などの資本を持つ人、またそれを元にして企業を経営し利益をあげる人。ブルジョアともいう。プロレタリア（01脚注参照）と階級的に対立する。

03

大きな泥足《どろあし》が鼻をふみつけた―ブルジョアはこんな夢を見るだらう

田中定二*

【出典】「短歌戦線」(一九二九・五)

*田中定二―愛知県に生まれる。大川澄夫、白石雄二などの筆名を持つ。東京帝大卒業後、成蹊高校などで働く。雑誌「赤道」を創刊。その後、プロレタリア歌人同盟に参加。(一九〇六―没年不詳)

ブルジョアの鼻を踏む夢

「大きな泥足」は、そのまま泥まみれの足のこと。農作業や肉体労働に励《はげ》む足だろう。汚れているが幅広でたくましい。一方、踏みつけられる「鼻」は「ブルジョア」のものだ。「鼻を高くする」、「鼻で笑う」、「鼻持ちならない」、「鼻をあかす」…、鼻こそはしばしば高慢さの象徴となる。その意味で労働者の「泥足」が踏むには、もっともふさわしいものだ。

もちろん、これは現実と異なる「夢」の出来事という。ブルジョアがプロレタリアに怯《おび》えながら見る「夢」とされるが、実はプロレタリアの側こそ新たな社会を望みつつ、うっとりと見ている「夢」なのである。

ところで、この歌の表現からは、例えば北原白秋*『雲母集』収載の次のような歌を想起する。

大きなる手があらはれて昼深し上から卵をつかみけるかも

大きなる足が地面《ぢべた》を踏みつけゆく力あふるる人間の足が

巨大な手や足に着目したこれらの歌と同様、掲出歌も「大きな泥足」へのクローズアップで始まる。さらに、この時点では誰のものともわからぬ「鼻」が現れ、足裏で蹂躙《じゆうりん》されていく。もちろん、掲出歌が白秋歌と大きく異なるのは「ブルジヨア」への敵対心を前面に押し出している点である。

階級意識に目覚めた歌人たちは、労働者の立場から資本家の支配する現代社会を変革することを目指してプロレタリア短歌を詠んだ。

ブルヂヨア*のどたまを叩《たた》き割《わ》るつもりでやるんぢやないとこんな重いハンマーが使はれるもんか

そのため、この歌のように、その短歌の表現や内容は敵対する資本家を詠む時に荒く高ぶりがちである。プロレタリア短歌を鑑賞するには、この怒号や呪詛《じゆそ》のよって来るゆえんを理解し、慣れてしまうこともコツだろう。

*北原白秋―福岡県に生まれる。歌人、詩人、また童謡作家としても多くの業績がある。『雲母集』はその第二歌集で、一九一五年に阿蘭陀書房より刊行された。（一八八五―一九四二）

*ブルヂヨアの……―南正胤「金属労働者だい」（「短歌前衛」一九三〇・一）

04

路《みち》ばたの草木に対《む》いてあきらめの生きのこりの詩人どもが掌《て》を合《あは》しをる

前川佐美雄《さみお》*

【出典】「千万の歌人に与ふ」(『プロレタリア短歌集――一九二九年メーデー記念』)

「ブルジョア短歌」は滅びるだろう

プロレタリア歌人たちは、従来の短歌と歌人たちをどのように見ていたのか。前者は後者を、しばしば「ブルジョア歌人」、「ブルジョア短歌」と呼んだ。すなわちマルキシズムを信奉し、プロレタリアを自認する前者にとって、後者は批判して打ち倒すべき対象に他ならなかった。

掲出歌で、「生きのこりの詩人」と呼ばれているのがブルジョア歌人たち

*前川佐美雄――奈良県に生まれる。一九二一年に竹柏会に入会し佐佐木信綱に師事。一九二八年に新興歌人連盟に参加。以降、一九二九年の『プロレタリア短歌集』、プロレタリア歌人同盟発行の「短歌前衛」などにも度々出詠した。(一九〇三―一九九〇)

である。歌のなかで彼ら＊は多方面から揶揄《やゆ》されている。例えばその歌人たちは「路ばたの草木」をさも大事そうに眺めている（自然描写の偏重をいうか）。さらに「あきらめ」の境地で世界と向き合う（社会の革新など夢想だにしない態度への批判か）。また草木に向かい僧侶のように合掌《がっしょう》するのも批判点か。（マルクス＊が宗教を民衆の「阿片《アヘン》」と呼んだことを想起する。）歌はさらに言う。時代の発展から見放されている彼らは「生きのこり」に過ぎない。つまり、早晩死滅するだろうと。

しかし一九二九年になされたこの予言は結果的に外れた。本書の「解説」で記すように、数年ののちにほとんど霧消《むしょう》したのはプロレタリア歌人の側だったのである。ただし、一時期とはいえプロレタリア短歌が多数の作者を抱え、無数の読者を獲得し、既成歌壇を揺るがしたことは事実である。さらにその功績は、彼らのいう「プロレタリア・リアリズム」を基軸にして、様々な表現の対象を獲得したことにもある。

このプロレタリアのまなざしによる現実把握によって、労働、貧困、機械、都市、戦争、国家の諸権力など、その短歌が特に問題とすべき題材が改めて発見されていった。それらとプロレタリアがときどきに取り結んだ諸関係のダイナミズムが、歌に表現されることとなったのである。

＊彼ら―ここで揶揄された「ブルジョア歌人」の範囲は広く従来の歌人、既成歌壇を指している。なかでも最大の短歌結社であった「アララギ」と大正期の同派を率いた島木赤彦（一八七六―一九二六）を、まずは想定すべきだろう。「アララギ」派の主唱した「写生」はとりわけ自然描写に力を発揮した。また島木赤彦は東洋的、宗教的な境地と重なる「鍛錬道」や「寂寥相《せきりょうそう》」を唱え、作歌の指針としたからである。

＊マルクスが宗教を―『ヘーゲル法哲学批判序説』のなかの言葉。マルクスは「民衆の幻想的な幸福である宗教を揚棄することは、民衆の現実的な幸福を要求することである」ともいう。城塚登訳、一九七四年の岩波文庫版を参照。

05

坪野哲久*

がらんとした湯槽《ゆぶね》の中にクビになつたばかりの首、お前とおれの首が浮《うか》んでゐる、笑ひごつちやないぜお前

【出典】「月島の渡場」(『プロレタリア短歌集*—一九三〇年版』)

クビになった首

銭湯の光景。たっぷりの熱い湯に「お前とおれ」が肩までつかっている。湯槽が「がらん」と空いているのは、人々が集まる時間にはまだ早いからだろう。今しがた「クビ」になって時間を持てあます二人だから、その場所を大胆に占有《せんゆう》できる。二人は水面に首だけをぽっかりと浮かべて話している。「クビになつたばかりの首」。もちろん、ここでは解雇されたという意味のク

*坪野哲久—01脚注参照。

*『プロレタリア短歌集—一九三〇年版』一九三〇、マルクス書房)は、一九〇名の歌人による五九三首を収める。一九二九年版(01脚注)よりも作者は一〇倍、歌数は二倍に増加してい

ビ（馘首《かくしゅ》）と身体の一部である首（頸部《けいぶ》）が重ねられている。その二つが同じ音であることに思い当たった男たちは明るく声を立てて笑った。しかしそれが笑い事でないこともよく知っている。さて、明日からどう食べていけばいいのか…。

この歌の詠まれた一九三〇年前後に失業問題が最も深刻化していたことは01で記した。前年の秋にはアメリカ発の「世界恐慌*」が起こり、日本では「昭和恐慌」として猛威を振るっていた。求職中の労働者の歌も、ここで取りあげておこう。

けさも*アブレちやつた空腹でぢつと見てゐた品川の沖

*旋盤工仕上工入用《せんばんこうしあげこういりよう》の張紙《はりがみ》を俺が見てると人も見てゐた

日雇いの仕事にさえあぶれた人々がいた。そのなかには空腹を抱えて、ただただ品川の海を眺めていたものもいた。二首目、「俺」は求人情報を載せる壁の張紙にじっと見入っていた、しばらくして気づくと隣にも人がいた。二人とも今日の食い扶持《くぶち》に何とかありつこうと一枚の張紙に集中していたのだろう。ようやく互いの存在に気づいた二人の失業者に、その後苦笑しあうほどの余裕があったかどうか。

る。プロレタリア短歌の急激な広がりを知ることができよう。

*世界恐慌―一九二九年一〇月にニューヨーク株式市場の大暴落を契機に起こった世界的な経済不況のこと。

*けさも…―浅野純一「戦の唄」（『戦の唄』一九二九、紅玉堂）

*旋盤工…―浅野純一「去らば名古屋よ」（右に同じ）

06

裏小路《うらこうぢ》のゴミ溜《ため》にきて何かあさる痩《や》せ犬の目が人間らしかつた

*並木凡平《なみきぼんぺい》

【出典】「とうきび畑」（「文芸市場」一九二六・一〇）

人のような犬、犬のような人

場面は「裏小路」だから、大きな通りから逸《そ》れた人通りの少ない狭い路地を想像したらいい。そこに「ゴミ溜《ため》」があって「痩せ犬」が一匹、餌《えさ》を探していた。私はその犬の目を見て「人間らしかつた」と感じてしまう。

この「人間らしかった」という言い方は何か陰影がある。その飢えた小さな生き物は犬に間違いなかったのか。本当はそこに人間がいて食べ物を探していたのではないか、そのような想像を読者にさせるからである。

＊並木凡平―北海道に生まれる。小樽新聞社などで記者として勤務した。一九二七年に「新短歌時代」を自ら創刊し、拠点とした。その短歌は定型律の口語歌で、歌集に『赤土の丘』『路傍の花』（一九三三、青空詩社）の他、がある。（一八九一―一九四一）

作者の並木凡平は低賃金に喘《あえ》ぐ労働者の暮らしをしばしば率直に詠《うた》った。その歌集『路傍の花』（一九二八、北海道人社《ほっかいどう》）から何首か見てみよう。

からつぽな月給袋も捨てられず机の中に忍ばせてゐる

「今に見ろ月に五円は貯金する」言葉ばかりの諦めである

すでに中身のない月給袋さえ捨てられぬ自分、威勢よく月々五円*の貯金を宣言するものの、言うそばから諦めざるをえない生活。ただし彼の歌は単なる貧乏自慢に終わらない。彼は新聞記者という仕事を通して日々他者の貧しさに直面した。加えて、それに心を寄せる共感力を持っていた。

「穴の中は冷たいけれど税金がいらんさかい」と老乞食《ろうこじき》いふ

米を買えぬ男の盗みペン止めて小さなみだしを考へてみた

そして、この共感力は人間に対してだけ発揮されたわけでない。掲出歌にも見たように犬にまで及んでいる。人間も動物も、生活環境のなかに絶えず生起する苦しみに対峙《たいじ》せざるをえない。この共通点を重視するならば両者の立場は交換可能でさえある。

軒下《のきした》に宿なし犬が悲しそな目をして人におびえてる冬

この歌に現れた「宿なし犬」も本当にただの犬だったろうか。

＊五円――昭和初期の貨幣価値と現在のそれとを比べると、およそ二〇〇〇倍に上昇しているとの指摘がある。それに従えば五円は一〇万円ほどか。（岩瀬彰『「月給100円サラリーマン」の時代』二〇一七、筑摩書房）を参照。

07

せめて税金を楽に出したいとばかりに又末つ娘を工場に取られる

中積芳朗*

【出典】『おれたちの歌』*

家族みんなで、はたらけど…

近代以降、貧しさを詠んだ歌で最も有名なのは石川啄木《*いしかわたくぼく》の次の歌だろう。

はたらけど
はたらけど猶《なほ》わが生活《くらし》楽にならざり
ぢつと手を見る

*中積芳朗――詳細不明。

*『おれたちの歌』――新興短歌連盟編の歌集。同連盟は、楠田敏郎の主催した歌誌「文殊蘭」の組織改編の結果、一九三〇年一月に誕

自分の手を見つめながら、身めぐりの貧しさについて思索するこの歌は、いわゆるワーキングプア*問題を先取りして、現在にも通じる内容を持っている。ただし、啄木歌は「ぢつと手を見る」だけで、懸命に働いているのに貧しい理由について原因を究明しようとしない。プロレタリア短歌の多くはそうした行き方をしなかった。

掲出歌には、働いても貧困から抜け出せない一家族が現れる。納税はしたい、出来るなら少し余裕をもってしたい。だから末の娘を工場に働きに出した。「又」とあるから、兄や姉もすでに働いているのだろう。工場に「とられる」とあることにも注意したい。もちろん、工場が強引に娘を働き手として拉致《らち》したわけではない。しかし「とられる」と感じるほどに、家族も本人も望まない就労《しゅうろう》だった。末の娘だから、まだ年若い少女だったとも予想できる。

この家族をここまで経済的に、精神的に追い込んだのは誰なのか。掲出歌ではその責任主体が明らかにされる。まず、貧困者にもなお税負担を求める国家である。次に、家族を働き手にして、その労働力に低賃金で報《むく》いる工場である。こうして両者は、共犯的に、一家族を労働地獄と更なる貧困に追い込んでいく。そのやり口をこの歌は指摘しているのである。

生した。同年七月に『おれたちの歌』を刊行、翌八月にプロレタリア歌人同盟に合流した。

＊石川啄木―岩手県に生まれる。短歌また詩もよくした。与謝野鉄幹に師事し、「明星」に作品を発表。生活のなかで生まれる哀感を口語体三行書きの形式で表現した。プロレタリア短歌の源流の一人と考えられている。歌集『一握の砂』（一九一〇、東雲堂書店）、『悲しき玩具』（一九一二、東雲堂書店）、評論「時代閉塞の現状」も有名。（一八八六―一九一二）

＊はたらけど…―石川啄木『一握の砂』

＊ワーキングプア―懸命に働いても貧困から抜け出せない労働者、働く貧困層を指す。

08

俺が巻いた枕時計の音ではあるが眠たいばつかりに癪《しやく》にさはらあ

久賀畑助*

【出典】「枕時計」(「短歌戦線」一九二九・四)

*久賀畑助—詳細不明。

時計の針を見ている労働者

「枕時計」は今の目覚まし時計のことと思えば良いだろう。そのけたたましいベルの音が「俺」を目覚めさせた。確かに自分がそれをセットしたのだ。でもまだまだ眠たくて、何とも癪《しやく》にさわることだ——。

資本家は労働者の時間*を買っている。工場は労働者の一日の時間を細かく分けて出勤や退勤、休憩時間を管理する。労働者に最も効率よく生産させるためである。その一方で労働者主体の時間管理は許さない。例えば遅刻、早

*労働者の時間—労働者と時間との関わりについては角山栄『時計の社会史』(一九八四、中央公論社)を参照。

退あるいはサボりなどは、上司から叱責《しっせき》されるのみならず減給さらに罰金といったペナルティの対象となる。

この「時間厳守」の規範が人々の内面に染みこんだのが近代だった。産業革命期、一八五一年のロンドン万国博覧会において、目覚まし時計が最新の発明品として出品されたのは偶然ではない。無数の工場労働者に起床時間を自己管理させるために、社会がそれを必要としたのである。

もつと寝たいと時計の針を見て居れば監督の顔がちらついてくる
俺達にや夢を見る間もありやせぬよ枕時計と夜なか起きする

労働者は「もつと寝たい」にも関わらず、そこにいない工場の監督の顔におびえている。さっき寝ついたばかりなのに、ベルが鳴れば「夢を見る間」もなく、夜中でも起き出さなくてはならないのだ。

朝*は進み晩には遅れる狂時計《きちがひ》で俺達をコキ使ひやがる

こちらは工場内に置かれた時計の歌。朝の始業時間は早いのに、なぜか終業は遅い。こうして労働者は時計に管理され、仕事に追い立てられる。もちろん、この工場の時計を管理するのは、時の神クロノスのごとき資本家なのである。

＊朝は進み……笹岡栄（「短歌前衛」一九二九・九）

09

野球の勝敗に感激を消費する奴等を、秋空高く、ガラガラと笑ふ

藤田晋一*

【出典】「灯をつけろ」（「短歌前衛」一九二九・一一）

笑われたスポーツファン

一九二四（大正一三）年に甲子園球場が、一九二六年には明治神宮野球場が建設された。二五年に始まったラジオ放送*では、学生野球が良きコンテンツとして実況中継された。人々は商店店頭のラジオに集まり、試合の展開に耳をそばだてたという。

この歌は、そのような「野球の勝敗に感激を消費する奴等」を題材に、彼らの在り方を「ガラガラと笑ふ」というもの。「秋空高く」という言葉がむ

*藤田晋一—北海道に生まれる。口語歌をよくし、新短歌協会に参加。「芸術と自由」「新短歌時代」などに出詠した。歌集に『山の娘』、『街の切符』などがある。（一八九九—一九七九）

*ラジオ放送—ラジオと野球放送については、加藤秀俊他『明治・大正・昭和世相

しろ野球中継の常套句《じょうとうく》を思わせるが、この言葉が用いられたことで、球場上空から大きな笑い声が「奴等」の頭上に降りかかるような印象を受ける。

さて、このようにプロレタリア短歌はスポーツとその観客を概して批判的に捉える。なぜなのだろうか。

＊日本の勝敗なんてどうでもいいや　米の値の上るのが気になら——

例えば、この歌には「ブル新聞め日独競技ばかり書き立ててゐやがる」との＊詞書《ことばがき》がある。つまり、陸上競技の日本とドイツの対抗戦の結果よりも、米の値上がりの方が我々には切実な問題だというのだ。これは逆に言えば、野球や陸上を含むスポーツを、経済的・時間的に余裕のあるブルジョアのものとして突き放すことにもなる。

またプロレタリア歌人たちは、スポーツの持つ抗《あらが》いがたい魅力が、人々の目を自身の「生活の問題」から逸《そ》らさせることも恐れていたようだ。

＊オリムピック！オリムピックと書きたて生活の問題忘れさせようとする

一九三六（昭和一一）年に行われた＊ベルリンオリンピックに関わる新聞報道を批判した歌。しかしこの歌、二〇二〇年の東京オリンピックを控えた、現在の私たちのことを言われているようで、何か気になる。

史』（一九六八、社会思想社）を参照。

＊日本の……—半田正「勘定袋」（「短歌前衛」一九二九・一一）

＊詞書—その作品の主題や成立の背景などを短歌作品の直前に記したもの。

＊オリムピック！……—山埜《やまの》草平「新聞」（「短歌評論」一九三六・一一）

＊ベルリンオリンピック—一九三六年八月に行われた夏季五輪大会。ヒトラーの率いるナチス政権下で開催された。日本選手の活躍の様子は新聞・ラジオ等で盛んに報じられた。特に、河西三省アナウンサーが水泳の決勝戦で「前畑（秀子）頑張れ」を連呼したことは有名。

10　プレスにねもとまでやられた一本の指の値が八十円だとぬかす

石塚栄之助*

【出典】「十月廿五日《にじゆうご》」（「短歌戦線」一九二八・一二）

戻らない指の代償として

いわゆる労働災害を詠んだ歌。「プレス」とはプレス機械のこと。金属を成型するために上下から圧力をかけて、人力では難しい大胆な加工を可能にする。けれども、ひとたび人体がその機械にはさまれてしまえばどうなるか。掲出歌を含む一連は、その悲惨な結果をまざまざと見せつける。

プレスにくはれた指から流れでる真赤《まっか》な血糊《ちのり》をはつきり見たぞ

作業中、職工の指がプレス機械にはさまれた。その様子は「くはれた」と

＊石塚栄之助―『昭和歌人名鑑』（一九二九、紅玉堂）に、東京市麻布区新網町と居住地のみ記載あり。

表現される。機械が人体を食らって、職工の指から「真赤な血糊」が「流れでる」。この場面だけでも十分悲惨だが、その後の工場側の対応も信じがたいものだ。

掲出歌によれば、失われた一本の指の代償は八〇円と値踏みされたのである。当時の公務員*の初任給が七五円だったから、八〇円は今の二〇万円前後というところだろうか。その金額で、永久に戻らない指の後処理がなされたのだった。同種の労働災害を詠んだものに次の歌がある。

*親指と小指とたつた二本残つたすりこぎの手、いくらふりまはしたつて
もう稼《か》せげねえ不具だ

親指と小指だけになった手のことを「すりこぎ」*と表現する。指が失われたことにより、苦痛のみならず日常の不便も覚悟しなくてはならない。無理解な人々の視線にもさらされるだろう。何より明日からの稼ぎの道が絶たれてしまった。自棄《やけ》になった職工の絶望が、「いくらふりまはしたつてもう稼せげねえ不具だ」の語に集約され、吐露されている。

なお、労働者の破砕される身体を描いた小説に葉山嘉樹《はやまよしき》「セメント樽《だる》のなかの手紙」がある。このプロレタリア文学の古典も押さえておきたい。

*公務員の初任給―週刊朝日編『値段の明治・大正・昭和風俗史（上）』（一九八七、朝日新聞社）によると、一九二六年当時の公務員の初任給は七五円。ちなみに銀行員は七〇円、小学校教員は五五円ほどでやや低い。現在の貨幣価値との換算については、06脚注も参照せよ。

*親指と…―大久保桃策「すりこぎの手だ」（「短歌前衛」一九三〇・一）

*すりこぎ―すりこぎ棒のこと。すり鉢でものをするときに使う。

11

霙《みぞれ》の日だ又してもダイナマイトに傷《や》られたと云《い》ふ鉱夫が町へ担《かつ》がれて行く

佐藤栄吉*

【出典】「鉱山から」(『プロレタリア短歌集――一九二九年メーデー記念』)

またも鉱夫が担がれていく

みぞれが降る寒い日。鉱山の一角で、にわかに人声が高くなる。通常なら固い岩盤を破壊するはずのダイナマイトが鉱夫たちを傷つけたのだ。重傷を負った鉱夫は坑口《こうぐち》から引き出されて、そのまま町に担がれていった。「又しても」という言葉が、同種の事故が頻発していたことを示している。

実際の事故の記録*を振り返ってみよう。昭和になってからでも、一九二七

*佐藤栄吉―新潟県に生まれる。新潟師範学校卒業後、就職するが病を得て五ヶ月で退職、帰郷する。「まるめら」に所属した。(一九〇八―没年不詳)

*事故の記録―鉱山事故の件

年には空知《そらち》（北海道）など八炭鉱で三五二人が死亡、二八年には糸田（福岡）などで四五人が、二九年には高島、松島（ともに長崎）などで一八三人が死亡している。原因は坑内火災、ガス爆発、落盤、坑内出水など様々だが、こうした記録を見る限り、鉱山労働には「死」がつきものだった。

この甚大な人的被害を受けて国家も手をこまねいていたわけではない。一九三〇年一月に「鉱業警察規則」と「石炭坑爆発取締《とりしまり》規則」を公布して、鉱山労働の保安・監督に乗りだした。しかし、同年中にも七七人、翌三一年にも六五人の鉱夫が死亡しているのだから、その効果にも疑問符がつく。

　*ろくでもない坑内設備を検査したお役人さんは女を抱いた翌朝ほくほくの態《てい》で下山して行く

鉱山の監督・視察に来た「お役人さん」の実体は、この歌のようだったかもしれない。「女」は鉱山の経営側から提供された「袖の下」（賄賂《わいろ》）というところだろうか。もう一首、鉱山事故の歌を書き足しておく。

　*坑内で圧殺された血みどろな仲間を捨猫の様に医者がひっぱり出してくる

どこまでも悲惨なのは末端*の鉱夫たちである。

数は、法政大学大原社会問題研究所編『社会・労働運動大年表』（一九九五、労働旬報社）を参照。

＊ろくでもない……──都乃里（『プロレタリア短歌集──一九三〇年版』）

＊坑内で……──岡部文夫「一緒にやらうよ！」（『短歌戦線』一九二九・二）

＊末端の鉱夫たち──彼ら、彼女らがどのように生きていたかを知る資料に、筑豊の採炭夫山本作兵衛（一八九二─一九八四）が残した画文がある。二〇一一年、ユネスコ記憶遺産にも登録された作品群は『画文集炭鉱《ヤマ》に生きる 地の底の人生記録』（二〇一一、講談社）などで見ることが出来る。

12 貴様らにや健康保険があるが機械にやないんだ　気を付けろとぬかしやがる

出原実*

【出典】『プロレタリア短歌集――一九三〇年版』

「健康保険法」の実態

「貴様ら」とは工場労働者のこと。「健康保険」がある「貴様ら」より機械の方が貴重であるから、その扱いに「気を付けろ」ということだ。もちろんこれは雇用者側つまり資本家の発言である。

第一次大戦以降、しばらく続いた好景気は多くの雇用をもたらした。反面、労働者には長時間労働が課せられ、それにともなう労働災害や私傷病*が増加した。自身の生命、健康に対する不安は労働運動を活発化させる。政府当局

*出原実――詳細不明。

*私傷病――労働者のけがや病気のうちで、業務に起因しないものを指す。

は労使関係の不安定化を憂慮し、それに対処するために一九二二（大正一一）年に「健康保険法*」を制定、一九二七年一月に施行した。

しかし、この法律の施行が資本家の意識を変えたのではなかった。掲出歌の資本家の言葉からは、労働者の健康や生命を尊重しようという思いを汲《く》み取《と》ることはできない。その身体は保険の利かない機械よりも重要度が低いと見なされている。

労働者の側も必ずしも「健康保険法」を歓迎しなかった。保険費用が労使の折半《せっぱん》であることも問題視された。労働者の傷病に対して資本家が負うべき責任を彼ら自身に転嫁するものと考えたからである。また、患者の診療にあたる保険医からもその制度は厄介なものと思われたようだ。患者は多かったが制度上の問題から診療報酬は低下した。そのため粗診《そしん》、粗療《そりよう》が相次いだのである。

*被保険者証を出せば町中の医者はみんな不在になる妹がうめいてゐる

この歌では、うめき声をあげる妹に兄が付き添って二人で病院を探している。けれども「町中の医者」は「不在」と称して取り合ってくれなかった。被保険者への診療拒否の実態を告発するものだ。

＊健康保険法―この法律とその周辺についての記述は、阪口正之『日本健康保険法成立史論』（一九八五、晃洋書房）を参照。

＊被保険者証を……―福田基生「涙も出やしない」（「短歌戦線」一九二九・三）

13

娘の賃金が一家の暮《くら》しを背負つてる美談だらけだ俺等の村は

佐々木妙二*

【出典】「模範小作人表彰会*」（『プロレタリア短歌集——一九三〇年版』）

本当は恐ろしい「美談」

まだ少女とも言うべき年頃の「娘」だろう。彼女が一人で働いて「一家の暮しを背負つてる」。その懸命な頑張りは「美談」と讃《たた》えられている。けれども、あらためて「俺等の村」を見れば、年少の働き手が家計を支える家ばかりだ。ここにもあそこにも「美談だらけ」ではないか——。

ここでは、この歌に基づいて「美談」の社会的機能について考えておこう。「美談」には、①美談化される当事者と、②美談を耳にする受容者と、③

*佐々木妙二―秋田県に生まれる。「アララギ」、「まるめら」などを経てプロレタリア歌人同盟に参加。戦後、渡邊順三の「新日本歌人協会」結成にも参加。産婦人科医としても活躍した。歌集に『診療室』（一九五〇、新日本歌人協会）などがある。（一九〇三―一九九七）

当事者を美談化して讃える美談の創作者がいる。この歌のなかで、娘は〈模範小作人〉として顕彰される当事者だ。しかし問題は、その顕彰が彼女を窮乏から救い出すことは無いという点である。讃えられた彼女は、むしろ今後も一層自分の身を犠牲にして一家のために尽くすだろう。つまり、美談化という顕彰行為は、彼女からさらなる滅私奉公を引き出す機能を持つ。

次に、「美談」の受容者の側から考えてみたい。頑張って家計を支える娘の話が美談化される時、その受容者は、娘を共同体に公認された理想的なモデルと考えてその在り方に倣《なら》おうとするだろう。つまり「美談」は、別の新たな困窮者を再生産する呼び水となる可能性があるのだ。

最後に、美談の創作者の側からその機能を見たい。すでに村は年少の働き手で溢《あふ》れているという。家計を支えるべき年長者が多く不在なのはなぜなのか。その不在が死亡や傷病、入営*によるもので、重労働や兵役が原因ならば、国や地域等は政策の見直しや、相応の経済的な補償をする必要がある。けれども、国や地域は「娘」を美談化するだけで、その責任を負うことはない。

「美談」を信じる人々がいて、それが疑いなく受け入れられる共同体のなかでは、「美談」の創作者たちはいつまでも枕を高くして眠れるのである。

＊小作人—地主に小作料を支払い、土地を借りて耕作する農民のこと。また、「模範小作人表彰会」とは、小作人のなかでも特に精勤して生産高を上げ、しかも小作料をきちんと納めたものを顕彰する場であろう。

＊入営—軍務につくために兵営に入ること。

14

遅れ霜に葉はみな枯れた桑畑に春蚕《はるご》をみんな父とうづめた

中村孝助*

【出典】「春夏秋冬」(『口語歌集・新興短歌集』一九三一、改造社)

*中村孝助―千葉県に生まれる。自ら農民として働き、貧しい農村での生活を題材にした口語歌を多く詠んだ。無産者歌人連盟に加わり、「短歌戦線」に出詠した。歌集に『土の歌』(一九二六、芸術と自由社)など。(一九〇一―一九七四)

養蚕農家の悲哀

「春夏秋冬」と題されたこの一連は、「すばらしい春だ大地だ　反逆も呪ひも無しに働きたいが」という歌で始まる。春が来て大地は潤い、日が射《さ》して緑が芽吹く。作者中村孝助とおぼしきこの農民も、何かに「反逆」したり「呪」うのでなしに、ただ伸びのびと「すばらしい春」のなかで働きたいと祈る。けれども、気まぐれな自然はすぐに表情を変えて人間を翻弄《ほんろう》する。

まず掲出歌の用語から見よう。「遅れ霜」とは、春が深まってから急に降った霜のこと。次に「春蚕《はるご》」とは、その名の通り春から初夏にかけて飼う蚕《かいこ》のことである。したがって歌意は、予期せぬ降霜《こうそう》が桑の葉をみな枯らしたために、餌がなくなった「春蚕」を父親とともに泣く泣く桑畑に埋めたとなる。まだ孵化《ふか》して間もない旺盛《おうせい》な生命力そのものの春蚕を殺《あや》めねばならない——その心のわだかまりが、作者にこの歌を詠ませたのだろう。

中村は千葉県の農家に生まれて、貧しい農村の暮らしを短歌に詠んだ。その作歌信条は例えば次の歌に現れている。

聞かせても母にわからぬ歌などは駄目と思つていつも直した

無学の「母」に聞かせてもわかる歌を作ろうという意識が、彼に口語表現を選ばせた。彼はその平易な口語歌によって、村に生きる自分と人々の暮らしを生き生きと記録した。

一つでも売れと云《い》はれた泣きたさよ　病気の母に卵すすめて
隣り近所で共同で読んでゐる新聞　汚れ揉《も》まれて廻《まわ》されて来る
酔ひしれた四十男が踊つてる　葬式すんだ家の夕暮れ
冬枯れてすつからかんに立つ木立《こだち》　俺達の姿を見せつけてゐる

現代に生きる我々も、このような彼の歌を手がかりにすることで、当時の農村の一端を想像することができる。

15

木村砂多夫*

息をころし
引く——引く——鋸《のこぎり》
根ツかぶがうめいて——一瞬——
山に嵐がおこる。

【出典】「職工見習」（『集団行進』*）

木々に挑む職業

樹木を伐採《ばつさい》し、木材を精製する林業に取材した歌。タイトルに「職工見習」とあるから、まだその道に入って間もない労働者の視点で、職場の経験を切り取ったものだ。

一行目「息をころし」の六音で、これからの作業に向けて集中力を高める様が表現される。行を改めて、樹木に「鋸《のこぎり》」を入れる場面である。「引く」、「引く」と同じ語を繰り返し、間に、「——《ダッシュ》」を挟む。これは、鋸を引く前後

＊木村砂多夫―渡邊順三の「短歌評論」に参加。同グループの年刊歌集『生活の歌』、『冬空』などにも出詠している。

＊『集団行進』―「短歌評論」グループの第二年刊歌集。一九三六年に文泉閣より刊行。

動作が繰り返されていること、しかし幹の堅さに阻《はば》まれて作業が容易には進展しないことを現すだろう。三行目、ようやく「根ツかぶがうめいて」、大木の根本がきしみ始めた。と思った「一瞬」の間に大木は倒れ、それは砂ぼこりを巻き上げて「嵐」をおこした。「嵐」はあたりの木々の隙間を抜けて、やがて山肌に吸収されて静まるのだろう。

多行書きと「—」を用いた表現が、一連の作業の展開、職人の呼吸や心理をうまくすくい取っている。一連には次のような歌もある。

　またゝきもせず——
　丸鋸《まるのこ》と定規をねめつけて押し来る腹押工《はらおしこう》
　迫つて来る大丸太《やつ》に俺は待機する

伐木《ばつぼく》後の丸太を切り分ける作業。丸太は「腹押工」と言われる熟練者と刃で木材を削《そ》ぐ「鼻取り工」が二人一組で加工する。先輩は大丸太を「ねめつけて」（にらんで）、切断する目当てをテキパキと決め、こちらに丸太を送り出す。見習いの「俺」は先輩の動作に注目しつつ「待機する」。熟練工への憧れと作業を前にした「俺」の緊張感。それらがさながら歌に現れていて、どこか清々《すがすが》しさがある。

16

猿の手だか人の手だかわからない手が一斉に粥《かゆ》を啜《すす》つてゐる冬の夜だ。

井上義雄*

【出典】「陰惨な冬の村」（「短歌戦線」一九二九・一）

冬の村の小作人たち

「猿の手だか人の手だかわからない手」とは、どのような手を言うのか。指が長いのか、節《ふし》くれ立っていたのか、掌が厚いのか、陽焼けしていたのか。もちろん実際は猿の手ではない、しかし人の手とも言い切れないのだ。そのように作者は、非在の猿の手のイメージを最初に読者に想起させることで、農業従事者の辛苦《しんく》が刻まれた手の異様さを強く印象づけようとする。

*井上義雄―奈良県に生まれる。無産者歌人連盟に加わり、「短歌戦線」、「短歌前衛」に出詠。プロレタリア歌論もしばしば執筆した。病気療養のため一九二九年に帰郷後、一九三一年に没した。生年は不詳。歌集に『煉瓦にひしがれた土』。

次に「一斉に」に注目しよう。ここから、手が一つでなく複数あることがわかる。屋内で囲炉裏《いろり》か何かを囲みながら、皆で粥の椀《わん》を啜《すす》りあうのだろう。カメラワークに例えれば、異形の手にズームインしてから徐々にズームアウトして、椀を持つ複数の手を示し、屋内から屋外に飛び出して、冷たく暗い「冬の夜」を映してカットとなる。なかなか鮮やかな手並みといえよう。

もちろん、ここで詠まれているのは和《なご》やかな集いではない。一日の仕事の後に、わずかの粥で暖をとる人々の姿である。心楽しく会話を交わすとは見えない。一連のタイトルが「陰惨な冬の村」であることにも注意したい。

　昨日も今日も芋粥《いもがゆ》ばかりだ過労と栄養不良に冬を越す——小作百姓《こさくびやくしよう》。

一連の二首目の歌。「小作百姓」とは*小作人《こさくにん》のこと。その小作料は、全国平均で見て「*収穫量の五〇％であったが、実際には六〇〜七〇％が地主にまきあげられていた例は、けっしてすくなくなかった」とされる。小作料を払うために白米を節約しようとすれば、芋でかさ増しした粥を食べる必要も出てくるだろう。一連は次の悲痛な声で閉じられる。

　正月が近づいて米は地主の倉に積まれたが俺達はくたびれ儲《もう》けで今年も終る！

*小作人——13脚注参照。

*収穫量の——この部分の引用は中村政則『労働者と農民』（一九九八、小学館）より。

17

左手の指四本が俺《おい》らの命よ　眼《め》の下八十尺《しゃく》には敷きつめた石畳《いしだたみ》だ！

中田忠夫*

【出典】「ガラス拭きだよ」（『プロレタリア短歌集―一九三〇年版』）

八階層のてっぺんで

一九二〇（大正九）年に施行された「市街地建築物法」によって、住居地域以外であれば百尺（約31メートル）までのビル建築が認可された。当時は第一次大戦が終結して間もない時期で「大戦景気」、「大正バブル」とも言われた時代。

＊中田忠夫―詳細不明。

いわゆる「*成金《なりきん》」も出現し、都市部には七階八階建てのビルが次々に現れた。

　*蜘蛛《くも》となりやもりとなつて労働者が巨大なビルデングの骨を組んでゐる

もちろん、実際にビルを建築したのは自らの肉体を「蜘蛛」や「やもり」に変えた労働者である。そして、その労働力はビルの落成後もなお動員された。「ガラス拭きだよ」と題された中田忠夫の一連を見てみよう。

　ガラス拭きだよ　八階層のてつぺんに喰ひ下《さが》つて　ビョウビョウ　北風に　突《つ》ん裂《ざ》かれてる俺いらだよ

この一首目から、「俺いら」がビルの窓を拭くために「てつぺん」から下がろうとして、激しく冷たい北風を全身で受け止めていることがわかる。続く二首目が掲出歌だが、「俺いら」は左手の指四本でその身を支えていたという。眼下遥《はる》かに「敷きつめた石畳」が見えていて、落下すれば命は危うい。

　いくら気を取り直して見ても　遠い電車道がむく〳〵と浮き上つて来《き》やがるんだ　此処《ここ》はあいつの墜《お》ちた所だ！

恐怖から心は幾度も乱れる。向こうには遠い「電車道」が見えている。しかも、同じ現場で同僚の「あいつ」が墜落したことも知っている。かつての悲惨な事故がしきりに思い出されるのである。

＊成金―第一次大戦中の好景気のもとで、急に富を得た者のこと。

＊蜘蛛となり……―井上義雄「自由労働者となつて」(『プロレタリア短歌集―一九二九年メーデー記念』)より。

18

牛車のしつきりなしに群れつづく街道をぶつた切つて今日もガス管埋めたよ

坪野哲久*

【出典】「牛車」(「短歌前衛」一九二九・九)

地の底からの革命

東京におけるガス*使用の広がりについて、一九二七(昭和二)年には三三万三〇〇〇件であったものが、一九二九年末には六〇万四〇〇〇件まで増加したとのデータがある。この急激なガスの普及を、文字通り、都市の最底辺にあって支えた一人に坪野哲久がいた。

坪野は東京瓦斯《がす》会社の人夫として働きながら、その経験をもとに歌を詠んだ。掲出歌はガス管の埋設作業に取材したもので、その日の現場は甲州街道

*坪野哲久――01脚注参照。

*ガス使用の広がり――この部分は『東京瓦斯七〇年史』(一九五六年、東京瓦斯株式会社)参照。

に接する代田付近だったらしい。

　街道の真夏の昼を突き進む牛の列見よたくましい列

炎天下、街道の向こうから現れたのは荷物を積んだ牛車の群れである。彼は牛たちの「たくましさ」に感嘆するものの、しかし、その群れをただ眺めていては作業が出来ない。そこで労働者は、牛車の連続する街道を、たくましい腕できっぱりと「ぶつた切つて」見せる。その行為は、これまでの流れをせき止めて新たな流れを人々の生活に導き入れる実践である。埋められたガス管は人々の従来の生活を地の底から革《あらた》めるだろう。

けれども、その労働行為の重要性を誰もが理解したわけではなかった。

　*ガス屋さんと口では云《い》へどびしよ濡《ぬ》れのまゝ飛び込まれたので迷惑なんだよあいつらは

　*うす穢《ぎた》ないガス屋だと頭から馬鹿にしてかかるここの奥さまはチンのやうな顔だ

雨に濡れた体を迷惑がられたこともある。ある家の「奥さま」には「うす穢ないガス屋」と馬鹿にされもした。この時はその人を犬の「*チンのやうな顔だ」と心中で言い返しもしたが、自分たちを蔑《さげす》む人々への憤《いきどお》りは深い。

*ガス屋さんと……—坪野「職場から」(『短歌前衛』一九二九・一二)

*うす穢ない……—坪野「牛の舌」(『九月一日』一九三〇、紅玉堂)

*チン—犬種。狆と書く。顔が平たく、眼が大きい。

19

道路築く千貫《せんかん》のルラよバラスは地にばりばりとつぶしこまれる

前川佐美雄*

【出典】「路上」(『プロレタリア短歌集―一九二九年メーデー記念』)

道路につぶしこまれた生命

築道工事の様子を詠む。「ルラ」はロードローラーのこと。「千貫」は約三七五〇kgだが、これはオーバーな表現で、ともかくすさまじい重量のことと思えば良い。「バラス」は細かに砕《くだ》かれた石を指す。地面に敷きつめられたバラスの上を「千貫のルラ」が行き来して砕き、道を強固に均《な》らしていく。

*前川佐美雄―04脚注参照。

バラスが「ばりばりとつぶしこまれる」という。ここで繰り返される「ば」や「ぶ」の破裂音は、ローラーの重みに耐えかねた細石が、さらに微塵《みじん》に砕かれる音を模写している。「ルラ」といい「バラス」といい、実際の工事現場で発話されただろう用語を取り入れることで、歌に新味を出そうとしている。一連には次のような歌もある。

築道工事にたたきこむ生命《いのち》いくばくぞ今日もミキサは廻《まは》されゐる

ルラは廻るミキサは進む七月の炎天下の工事は今遮二無二《しやにむに》だ

「ミキサ」は、当時すでに現れていたコンクリートミキサーのこと。この歌でやや解きがたいのが、「築道工事にたたきこむ生命いくばくぞ」の部分だが、その「生命」とは炎天下の作業に機械とともに従事する労働者のそれを指すのだろう。機械動力である「ルラ」や「ミキサ」は現場で圧倒的な力を発揮して工事をすすめる。人間もまた「遮二無二」に働くが、機械力と比べてその力は有限である。働くほどに、その「生命」をすり減らしていく。

震災復興事業まっただ中の帝都の底で、今日も労働者の「生命」が新開の道路のなかに一つずつ潰《つぶ》しこまれていく。それはちょうど「バラス」が細かく砕かれていく様にも似ている。

20

湧き立つ機械生産力に圧倒されてへんに過敏な口笛の少年工

*石榑《いしくれ》 茂《しげる》

【出典】「月夜の工場」（『石榑茂歌集』一九二九、日本評論社）

機械と労働者の微妙な関係

機械は、人間には到底出しえない力を持続的に発揮して生産を飛躍的に向上させる。しかし、人間にとって、機械が常に好ましい友人でなかったことも明らかである。一八一〇年代のイギリスで起こったラッダイト*運動を想起してもいい。少なくとも、その参加者たちは機械を自分たちの生活を脅かす他者と捉えていた。

さて掲出歌について考えてみよう。この歌で「少年工」はどうして「へん

*石榑茂—東京に生まれる。竹柏会の歌人、石榑千亦の三男。五島茂ともいう。妻は美代子（24脚注参照）。「心の花」、「アララギ」などを経て、一九二八年に新興歌人連盟に参加した。連盟解散後は、前川佐美雄、五島美代子らと「尖端」を創刊した。（一九〇〇—二〇〇〇

に過敏」になり、しかし表面では「口笛」を吹きつつ平静を装うのだろう。
年若くして工場に来た彼は、経験も浅く、その仕事の質・量ともに「湧き立つ機械生産力」には到底及ばない。ならば、機械によってその仕事が奪われて、自分が工場から追われる日が来るかもしれないと考えても不思議ではない。つまり歌は、失業の不安におびえて、「へんに過敏」になる少年工の心理を詠んだものとも見える。ただし、プロレタリア短歌は、必ずしも機械*と労働者の対立関係ばかりを詠んだのではない。

仕事始めだ*
機械に油をさしながら
やたらに
おしやべりしたくなつてくる

例えば、この歌では人間と機械が協同して生産に臨む場面が描かれている。ただし人間が機械の油をさしていること、つまり労働者が機械を操る主体となっていることに注意したい。こうした歌は同時代の議論*とも呼応しながら、機械を力強く統御するプロレタリアの意思、たくましさを示すべく詠まれたものと考えられる。

三）

*ラッダイト運動―織物・編物工業地帯において、機械が導入されたために、失業の危機におびえた労働者たちが機械を破壊した運動のこと。

*機械と労働者―プロレタリア歌人とは見なされないが、「アララギ」派の歌人土屋文明は、機械と人間との関係を「嵐の如く機械うなれる工場地帯入り来て人間の影だにも見ず」（「鶴見臨港鉄道」『山谷集』一九三五、岩波書店）と詠んでいる。

*仕事始めだ……―岡村浄一郎「工場から」（『集団行進』）

*同時代の議論―例えばフォックス他著、木村利美訳編『機会と芸術革命』一九三〇、白楊社）など。

21

手を足を赤くはれあがらして今年十二歳の労働者が工場の中でしぼられてゐる

大瀬幸一*

【出典】『プロレタリア短歌集―一九三〇年版』

しぼられた少年工

一九三〇（昭和五）年時点の統計値*で、一六歳以下の少年工は総計で一八万人を超えていた。男子が二二、四六七人、女子が一五八、一二五人である。当時の工場労働者のうち、約一〇人に一人が少年工という計算になる。

この歌に現れるのは、「今年十二歳の労働者」、少年工である。「しぼられてゐる」とあるので、作業ミスや遅れについて工場長や先輩工員から叱責《しっせき》されているのだろう。「手を足を赤くはれあがらして」ともあるから、その叱

*大瀬幸一―詳細不明。
*統計値―深谷昌志『昭和の子ども生活史』（二〇〇七、黎明書房）を参照。

責は身体的な暴力を伴っていたのかもしれない。
また、「しぼられてゐる」が「搾取《さくしゅ》」の語にも通じていることに注意したい。資本家は、労働者の賃金をなるべく低く抑えようとする。しかし労働者には、その賃金以上の価値を生産するように促《うなが》す。資本家はこの「剰余価値」ともいわれる利益を蓄積して、その富を増す。

偉くなれ　強くなれ*
故郷をでゝきた
少年工の肩をたゝいた
――あとのゐらだゝしさ。

新入りの少年工を迎えいれた先輩工員の歌である。彼は少年工を励ますが、自分の言葉に「ゐらだゝしさ」も感じている。なぜだろうか。
故郷を出て来た少年工には、早く一人前の職人になって十分な収入を得たいという希望があるだろう。しかし先輩工員は、厳しい労働環境のなかで少年の希望が早晩挫《くじ》かれることを知っているのである。実際には偉くなることも強くなることも難しい職場のなかで、自分が発した言葉の白々しさが、彼をいらだたせるのではないか。

*偉くなれ……――度会朝吉「印刷工の唄」（『生活の歌』）

22

林檎《りんご》の様な少女の頬が、綿くずの中で萎《しぼ》んで行くのを見ろ

山川章*

【出典】「肺病には誰がした‼」(「短歌前衛」一九二九・一一)

女工たちと肺病

林檎のような頬を持った少女。健康的に丸々と明るかったその頬が、綿くずのなかで見る見る色あせ萎《しぼ》んでしまったという。一連のタイトルは「肺病には誰がした‼」。つまり肺病が少女の頬をそのようにしたのだ。そして彼女に肺病をもたらしたのは、「綿くず」に示される紡績の仕事だという。

紡績は綿、毛、麻、絹など短い繊維を引きのばし、よりをかけて長い糸に仕立てていくこと。その緻密《ちみつ》な仕事に従事した女工たちの嘆きは、例えば次

*山川章──詳細不明。

のような歌にも現れている。

　*風のやうに
　ふつふつ　きれてゆく
　百番手の細糸
　指もうごかない

「番手」は糸の太さ細さを示す単位で、数字があがる方がより細くなる。「百番手」の糸ともなれば、その柔らかさと軽やかさは、もはや「風」のようだ。気まぐれにふつりと切れて、女工の指と心をひどく疲労させる。

しかし*紡績女工たちの悲劇はそれに留まらない。作業場は密閉されており絶えず塵《ちり》ぼこりが飛散した。そのため彼女たちの呼吸器系は冒されやすい。*石原修『女工と結核』の指摘によれば、明治三九年から四一年にかけての調査で、病気が治らぬために解雇された者のうち、肺結核もしくはそれと疑われるものは四八・四%に及ぶ。感染症である結核は、罹患《りかん》すれば十分解雇の理由になりえたのである。紡績女工と肺病を詠んだ歌は数多いが、もう一首挙げておく。

　*工場の綿ぼこりに咳嗽《せき》すれば、痰《たん》は赤い糸を引く十月の朝

＊風のやうに……田中律子「精紡工のうたへる」（「詩精神」一九三四・一二）

＊紡績女工たちの悲劇―彼女たちの労働環境や生活を克明に記録したものとしては、一九二五年に発表された細井和喜蔵『女工哀史』が有名である。

＊石原修―医学博士。大阪大学などで教鞭をとる。内務省勤務時代には工場衛生調査に従事した。一九一三年の講演「女工と結核」、また論文「衛生学上ヨリ見タル女工之現況」は、工場法の成立に大きな影響を与えた。

＊工場の……松崎流子（「短歌前衛」一九三〇・六）

23

紡績女工へ打電《あて》し頼信紙《らいしんし》に
ふと注がるゝ吾が眼《まなこ》
チチシンダカネオクレ
凍《い》てついた夜の原信整理

*藤川すみ子

【出典】「夜勤」（「*詩精神」一九三五・四）

＊藤川すみ子―詳細不明。
＊「詩精神」―一九三四年二月に創刊された、プロレタリア詩、短歌、俳句等を集めた雑誌。三五年一二月に終刊し、新雑誌「詩人」へと移行した。

夜、一通の電報をめぐって

今では電報を送る機会は、結婚式の祝電あるいは葬儀の際の弔電《ちょうでん》にほとんど限られている。しかし、電話が普及する以前では、遠距離間でも手軽に自らの意思を伝えうるメディアとして人々に重宝がられていた。

電報を出すためには「頼信紙」を用いる。そこに発信者、受信先などとあわせ相手に伝えるべき電文を記入して郵便局の窓口に持ちこむ。掲出歌において局内で夜勤中の「吾」は、受け付け済みの頼信紙を整理しているところだ。

作業中、「吾」はそのなかの一枚に目を留《と》めた。見ると電文欄には「チチシンダカネオクレ」（父死んだ金送れ）と書いてある。受信先として書かれていたのは紡績工場で、宛名は女名だったのだろう。もちろん、一女工が、それなりの葬儀費用をすぐにまかなえるほど豊かであるはずはない。しかし、故郷の家族も極度に貧しいため、女工の懐具合《ふところぐあい》の乏しさを知りながらも、金を無心せざるをえないのだ。「凍てついた夜」とは、気温の問題だけでない。貧しいものが貧しいものを頼る以外にない現状を目にして、心がつくづくと冷え切ってしまったのである。

寝ては起《おこ》され又寝ては起さるる
電報配達手の顔よ
雪降る夜の
布団の冷たさ

こちらは電報を受信した際の歌。電報は深夜でも各家庭に届けられるため、受信が重なれば配達手は何度も布団から起き出ることになる。雪の降る寒い夜ということもあり布団が暖まる時間はない。その布団さえはいで、配達に向かわねばならない配達手の物憂さを、作者の藤川は思いやる。

24 やつとしつかり吸ひついた赤ん坊の口から母の乳房をもぎはなす午後の汽笛

五島美代子*

【出典】「通勤女工」(「短歌前衛」一九三〇・一)

子育てする女工たち

女工には赤ん坊がいる。授乳を早く済ませたいが、子が乳を欲しがってくれない。昼の休憩時間は限られている。気持ちばかり焦る。ようやく乳房に吸いついてくれたと思ったら、午後の始業を知らせる工場の汽笛が鳴ってしまった。女工は愛児から乳房を無理にもぎはなして、再び出勤する——。

子供の布子《ぬのこ》一枚縫つてやる間のない指先に毎日とるのはどれだけの生糸

女工には子どものために「布子一枚*」さえ縫ってやる時間もない。彼女の指先は一日中、「生糸*」をとるために酷使されているからだ。

*五島美代子—東京に生まれる。一九一五年に竹柏会に入会。二五年に茂(20脚注参照)と結婚。二九年から「短歌前衛」に出詠。子を思う母の立場から多く作歌し、後年「母の歌人」と称せられた。(一八九八—一九七八)

*布子(一枚)—木綿の綿入れ(防寒具)のこと。

*生糸—蚕の繭からとる糸。

後年、「母の歌人」と呼ばれることになる作者は、そのプロレタリア歌人時代にも繰り返し母子を詠った。

　＊貧《ひん》故に母にふみ殺されたといふ赤ん坊の血も私たちの旗を染めないか

貧しさゆえに母に踏まれて殺された赤ん坊がいる。いわゆる＊口減らし（間引《まび》き）である。その小さな死への悲しみをバネとして、人々の貧しさを解消するだろう革命に進もうという。「私たちの旗」は「赤旗」であり革命の象徴である。ただし女は、男たちに運動の担い手としては不足だと侮《あなど》りをうけることもあった。

　＊足どりがのろいのは、明日の世の荷《にな》ひ手の子供を抱いてゐるからだ女達をおいてゆくな

「足どりがのろい」という女への＊差別的なまなざしを受けて、五島は「明日の世の荷ひ手の子供を抱いてゐるからだ」と力強く反駁《はんばく》する。つまり、五島は革命という「政治」を論じながら、それを育児や家事という女たちの日常から発想しており、その意味で空疎《くうそ》ではない。今日と異なる「明日の世」は、その「荷ひ手」である子どもたち、あるいは貧しい女性たちのためにも必要なのだという認識が彼女の歌の根本にある。

絹に加工する。つまり女工は製糸工場に務めている。養蚕業を詠んだ14も参照のこと。

＊貧故に――・・・五島「「随伴者」の歌」（「短歌前衛」一九二九・一二）

＊口減らし（間引き）――家計の負担を減らすために子を殺すこと。

＊足どりが――・・・前掲「随伴者の歌」

＊差別的なまなざし――労働現場における男女間の差別待遇を詠んだ歌に、相馬とも子「二十有余年もつとめてゐても五十円の老女教員があるのに去年師範を出た男教員はすぐ五十円だ」（「短歌前衛」一九三〇・一）がある。

25

ひどい病気は好きだと言ふのだ聞けば米のまゝが食べられるつて児童の話にうたれる

泉春枝*

【出典】「教壇の歌」（『プロレタリア短歌集―一九三〇年版』）

腹をすかせた子どもたち

ひどい病気にかかれば、「米のまゝ」（白米のご飯）が食べさせてもらえる。だから病気になるのは「好きだ」と言った児童がいた。その言葉に教員は胸を痛める。「教壇の歌」というタイトルが示すように、この歌は教師という立場から貧しい子どもたちを詠んだものである。

この頃、昭和初頭の恐慌と不況のなかで、いわゆる欠食児童の発生が社会

*泉春枝―一九二九年から三〇年にかけて「短歌戦線」、「短歌前衛」などに出詠している。歌の内容から、実際教職に就いていたと思われる。生地、生年、没年等は不詳。

問題化していた。*欠食児童とは、もともとは文部省用語。経済的に貧しく昼の弁当を学校に持って来られない子どもたちを指した。それが一九三一年以降の東北大凶作以降、農山村の窮乏《きゅうぼう》が加速化して、昼のみならず日常の食事さえ満足に食べられない子どものことを指すようになった。その数、二〇万ともいわれていた。食べられない子どもたちの存在は、プロレタリア短歌のなかに多く記録されている。

　*教室の隅に目ばかり光らしてゐるこの子達に先《ま》づ腹一杯食べさせろ、義務教育はそれからだ

　*朝飯さへ食つてこない子青い顔で鉛筆を舐《な》めては書き舐めては書く。

教室の隅で「目ばかり光らしてゐる」子。これは栄養失調のサインである。また「朝飯さえ食つてこない」ために「青い顔」の子もいる。鉛筆を舐めるのはどうしても口寂しいからだろうか。そんな子どもたちとじかに接して、教師たちは憤る。「義務教育」の前に、まずは子どもたちに「腹一杯食べさせろ」と国家に迫るのである。

*欠食児童――この部分は山下文男『昭和の欠食児童』（二〇一〇、本の泉社）を参照した。

*教室の…――五島美代子「女の胸に火をつけろ」（『プロレタリア短歌集――一九三〇年版』）

*朝飯さへ…――後藤一夫「生活素描」（『集団行進』）

26

根岸春江*

自分のキイも
負《まけ》ずにひゞけ！
ゆるやかに呼吸《いき》深く吸ひ——
パツと打ち出す。

【出典】「タイピストの日記から」（「短歌評論」一九三七・五）

あるタイピストの朝

一九二〇年に行われた大阪《おおさか》の女学生たちへのアンケート*では、自分が将来就きたい職業として、上位から音楽家、保母、そしてタイピスト*が挙がっている。当時、タイピストは憧れの職業で月給も比較的良かった。例えば女工が二八円程度であったのに対し、タイピストは三六円弱とずいぶん差がある。

根岸春江は一九二七（昭和二）年、一九歳で横浜のベリック商会にタイピス

＊根岸春江—神奈川県に生まれる。商業学校、英語学校を経て、一九二七年にベリック貿易商会にタイピストとして入社。一九三六年から歌作、投稿を開始。同年、肺を病み血痰を吐く。翌六月に二九歳で逝去。（一九〇九—一九三七）

トとして入社した。一九三七年に病気で退社したが、そのときの職業体験を「タイピストの日記から」にまとめている。

さまざまな[*]
キーの音　みんな混り合ひ
朝の空気に
ハネ返つてくる。

ベリック商会では、タイピスト複数人が一部屋で作業したようだ。タイピストそれぞれの指の圧力や、打ち方の癖、機械の個体差によって「キーの音」も様々なのだろう。根岸はそれが誰の音かを聞き分けているようだ。それらの音が「みんな混り合ひ」、朝の事務室の空気にハネ返るという。

掲出歌は、いよいよ自分が入力を始める場面である。作業にあたっては、まず「ゆるやかに呼吸深く吸ひ」、集中を高める。三行目の一字下げと「―」とは息を深く吸いこむ様を現す。そうして「パッと」、自分の指を一気に放ち、キーを打ち出す。

周りのタイピストはすでに作業を進めている。「自分のキイ」の音も、優秀な彼女たちに負けずに「ひゞけ！」と願いながら、一日の仕事が始まる。

＊アンケート―この部分については武田晴人『帝国主義と民本主義』（一九九二、集英社）参照。
＊タイピスト―タイプライターを打ち文書などを作成する職業。
＊さまざまな……―『タイピストの日記　遺稿集　根岸春江追悼のために』（一九三七、根岸春江遺稿集刊行会）より。

27

宮川靖*

「おや」と思って
わが手つくづく見れば
手は器用に活字を選《え》り分《わ》けている
手　活字　手　活字　手　活字
まことにこれは解版職工《かいはんしょっこう》の手ではないか

【出典】「くらし」「短歌革命*」（一九二六・一）

自分の手でない自分の手

金属片に文字や数字を刻んだものを活字という。その活字をいくつか組み合わせて、もとの原稿と照合して組版《くみはん》を作る。この組版にインクをつけて紙に印刷するのだが、用が済めば、組版を解体して活字をもとの棚に戻さねば

＊宮川靖―石川県に生まれる。東京外国語学校などで英語、フランス語などを学び、翻訳業、新聞記者などで生計を立てた。現代語短

ならない。この作業をするのが解版職工である。

この歌で、職工はいつのまにか「器用に活字を選り分けている手」を発見する。間違いなく自分の手なのだが、その滑らかな動作に驚いたのだ。歌には「手」と「活字」とが交互に幾度も現れる。一字空けの表記とあいまって、視覚的にも音声的にも、リズミカルに進展する仕事の様を表現する。

この歌は、自分が解版職工としていつしか熟練していたことを詠むのだが、そればかりではない。自身の意識や身体が、日々の労働状況に馴化《じゅんか》されてしまい、自分にとってよそよそしいものになってしまった、いわゆる「*疎外《そがい》」状況を詠むものとも考えられる。類例を、もう一首挙げておこう。

　*やれこれで明日の朝まで俺の体だとどかりと炬燵《こたつ》へよろけこむ父

この歌では、帰宅した父の「朝まで俺の体だ」とのセリフから、昼の彼の体が激烈な労働により奪い尽くされていることがわかる。労働中の身体は「俺の体」ではない。それは自分にとってよそよそしい体なのだ。夜、父は疲労から「炬燵へよろけこむ」。その体は、「どかりと」と形容される鈍重な物質となってしまっている。しかし、その間だけは辛《かろ》うじて、「俺の体」を取り戻したという感覚が蘇《よみがえ》るのである。

歌運動に加わり、新短歌を試みている。（一九〇三—没年不詳）

＊「短歌革命」—同誌の初出にあたることが不可能だったため、『プロレタリア短歌・俳句・川柳集』（一九八八、新日本出版社）を参照した。表記は同書による。

＊疎外—この概念の説明は筆者の手に余るため、ここではマルクスの言葉「労働者は、労働の外部ではじめて自己のもとにあると感じ、そして労働のなかでは自己の外にあると感ずる」を引いておきたい。（マルクス著、城塚登・田中吉六訳『経済学・哲学草稿』岩波書店、一九六四）

＊やれこれで……—佐藤栄吉「鉱山から」（『プロレタリア短歌集—一九二九年メーデー記念』）

28

澤房吉*

後ろ手組んで
麦踏んでゐる百姓に
黒い影投げて崖上《がけうえ》の道をゆく。
督促員《とくそくいん》　私。

【出典】「山村督促」（『生活の歌』*）

私自身の黒い影

早春の麦畑を「私」が崖の上から見下ろしている。畑では「百姓」が後ろに手を組みながら麦踏み*をしている。督促員である私は、これから、その人のもとに税を払うよう説諭《せつゆ》しに行くのだ——。

プロレタリア短歌が、いつでも過重労働や労災を詠み、被搾取者としての

*澤房吉—詳細不明。
*『生活の歌』—「短歌評論」グループの第三年刊歌集。一九三七年に文泉閣より刊行。
*麦踏み—霜の害を防ぎ、麦の成長を促すために行う。

私を主張したわけではない。この歌のように、税の督促員という職業ならば、むしろ立場は逆である。「私」は督促を受けるほどに貧しい人々から、なお金銭を引き出さなくてはならない。

私が崖上から「百姓」の背中に投げかける「黒い影」は実景ともとれるが、私自身のグロテスクな自己認識を示すものともとれる。貧しい「百姓」に寄り添う心と、税を取り立てねばならない職務上の義務感が葛藤している。その葛藤が私の影を「黒い影」と表現させる。

砂木宗治も税の督促員としての立場から歌を詠んでいる。

「半金でも――」と*
小銭《こぜに》あつめて差し出す
指先は微《かす》かに震へてゐる

その人も税の「半金」しか支払うことができなかった。家中を探して、ようやく集めた「小銭」なのだろう、それでやっと「半金」なのだ。小銭を渡すその「指先」は「微かに震へてゐ」た。震えは今後の生活への不安からか、私への怯《おび》えからか。いずれにせよ、その人をいっそうの窮地に追い込んだのは督促員である私だという自責の念が、この歌を詠ませたのだろう。

＊「半金でも――」と……砂木宗治「税金徴収」（『生活の歌』）

29

えらそうに社会改造を説いてゐたあの人の手は白い手だつた

浅野純一*

【出典】浅野純一『戦の唄』(一九二九・四)

白い手をめぐるまなざし

過酷な労働に従事するプロレタリアの手は、陽に焼けていたり、傷ついていたり、時に変形していたりする。しかし掲出歌が問題視するのは「白い手」である。

「白い手」は厳しい労働をほとんど経験していない手のことだ。歌のなかで、「あの人」は労働者に同情を寄せ、現状を憂い、社会改造の必要性を雄弁に説いている。その演説内容には共感するところも多いのだが、しかしその手

*浅野純一―京都に生まれる。一九二八年に新興歌人連盟に参加以来、「短歌戦線」、「短歌前衛」などに短歌、歌論を精力的に発表した。歌集に『戦の唄』(一九二九、紅玉堂)がある。(一九〇二―一九七六)

が白かったことも見てしまった。そして、そのような手の持ち主が説く社会改造に疑問を抱くのである。

この歌から土岐哀果*の有名な一首を思い出す人もいるだろう。

手の白き*労働者こそ哀しけれ。
国禁《こくきん》の書を、
涙して読めり。

ここで「国禁の書*」とは国により発売を禁じられた社会主義の書物と見ておけば良い。この作中主体の不幸は、文筆や事務に携わる「手の白き労働者」でありながら、困窮する労働者に同情し、社会改造の必要性を感じてしまったことである。しかし自分が、焼けた手の労働者と経歴を異にし、本当の意味で同化できないことも知っている。彼らがするような苛烈な労働に従事することも出来ない。いわゆる板挟みの状態に陥《おちい》った主体の心は、それゆえにただ涙するのである。

哀果の歌が「手の白き労働者」から焼けた手の労働者への埋めがたい距離感に取材したものとすれば、掲出歌は焼けた手の労働者の側から「手の白き労働者」への不信感を示したものと言えるだろう。

*土岐哀果―善麿ともいう。新聞社に勤務しながら、作歌を続ける。一九一〇年にローマ字三行書きの第一歌集『NAKIWARAI』を発表、以後も自由律作品を試みるなど表現形式に多大な関心を寄せた。親交のあった石川啄木とともに、プロレタリア短歌の源流の一人と考えられる。（一八八五―一九八〇）

*手の白き……土岐哀果『黄昏に』（一九一二、東雲堂書店）

*国禁の書―政府により出版物の発売が法的に差し止められること。発売禁止、略して発禁ともいう。「出版法」、「新聞紙法」などがその根拠となった。

30

*林田茂雄

夜業《よなべ》だの副業だのをするだけさせて片つ端《かたぱし》から搾り取っておいて、脱《ぬ》けがらはブラジルへ行けだ

【出典】「移民政策のカラクリを見きはめろ」（『プロレタリア短歌集――一九三〇年版』）

石ころのような移民たち

一九二四（大正一三）年四月、清浦奎吾《きようらけいご》内閣のもとで、*海外への移民奨励策が打ち出された。以降、移民希望者には渡航補助金が支給されることとなった。人々の渡航先は様々だが、一九二〇年代には総移住者およそ一六万人のうち五三・三%がブラジル、ペルーなど南米諸国に渡ったという。

林田のこの歌は、昼間の労働だけでは足りずに、夜業や副業までせざるを

*林田茂雄―プロレタリア歌人同盟に参加、「短歌前衛」の編集実務に携わる。『「赤旗」地下印刷局員の物語 わが若き日の生きがい』（一九七三、白石書店）は当時の活動家の周辺を知りうる貴重な文献。鳴海四郎の筆名でも著述は多い。（一九

えない貧しい人々がブラジルに追われたことを指摘している。移民奨励策には、貧農や失業者が都市を不安定化させるのを防ぐこと、その不満の矛先が政府に向くのを逸らすことなどの意図があったとの指摘もある。林田の歌には続きがある。

搾るだけ搾り取られた残骸《ぬけがら》が海を百日往来して、今、石ころのやうに抛《はふ》り出されたぞ

詞書《ことばがき》に、「一九二九年六月、日本を出る時は合格した身体検査がブラジルでは刎《は》ねつけられて、百五十人ばかりの移民が追返《おひかへ》されてきた」とある。まず、「残骸《ぬけがら》」の語に注目しよう。掲出歌にも「脱けがら」の語が見えたが、「残骸」の場合は、単に賃金を搾取されただけでなく、大洋の荒波に揉《も》まれ疲労困憊《ひろうこんぱい》し、人間としての尊厳も全て奪われてしまったことが示唆されている。ここで人間は無機物のようであり、ゆえに「石ころ」とも呼ばれる。彼らをそのようにしたのは誰なのか、その者の責任を林田は問うている。

そして、ブラジルでの再生を夢見て、意気揚々と故郷を出た人々が、思いがけず味わった恥辱《ちじょく》と挫折感も想像したい。追い返されてきた彼らを再び迎えてくれる土地と人はあったろうか。

〇七―一九九一)

＊海外への移民―この部分については、遠藤十亜希『南米「棄民」政策の実像』(岩波書店、二〇一六)を参照。

31

むつと涌《わ》く怒りをこらへてゐる事務室。秋空に奉祝の花火があがる。

*会田毅《たけし》

【出典】「奉祝都市」（『短歌戦線』一九二八・一二）

いつのまにか拝んでいた「神」

一九二八（昭和三）年一一月一〇日は、昭和天皇裕仁《ひろひと》の即位の大礼が行われた日である。秋空にあがる「*奉祝の花火」はそれを祝うためのものだ。

*新聞を手がかりに、その日の東京に遡《さかのぼ》ることとしよう。見出しには「灯の海、人の大波に、不夜城の東京全市」、「提灯《ちょうちん》行列に万歳とゞろいて、わき返つた奉祝の夜」などとある。さらに記事を見れば、神宮外苑《じんぐうがいえん》では花火が打ち上げられ、明治神宮には一〇数万の参拝者が訪れ、銀座・上野では交通も途絶して人々は身動きもできなかったという。

*会田毅―新潟県に生まれ、東京商科大学を卒業。ユーモア小説、探偵小説を手がけた小説家北町一郎としてよく知られている。歌作のみならず詩作もした。簇《そう》劉一郎名義での『新短歌論』もある。（一九〇七―一九九〇）

*奉祝―つつしんで祝うこと。

*新聞―即位大礼の記事は

しかし、この歌の中の人物は即位を祝うようにはみえない。夜になってもまだ事務室で働きながら、「むつと涌く怒りをこらへてゐる」。次の歌では、ようやく仕事を終えて退社したのか、市街の様子が点綴《てんてつ》される。

奉祝の旗と幡《はた》で飾られた街。大東京は、いま、反動の波の中に。

一歩街に出ると、あちらこちらに「旗と幡」とが飾られて風になびいている。東京は一連のタイトルの通り、まさに「奉祝都市」と化していた。怒れる事務員も街を歩くうちに、「どうしやうもなく、人混みにもまれ、まきこまれ、石段をのぼる列にゐる」。

こうして事務員は群衆とともに石段を一段づつ登っていく。別の歌からその石段は、神社の参道であることが示されている。

目に見えない大きな力が、流れひろがり、群衆を一点へと追ひつめてゐる。

この場合、神社は実景というより天皇制の隠喩《いんゆ》と見たらいいだろう。かくして人々は、祭典のただなかで、熱に浮かされたように石段を登っていく。人々は頂の「一点」に向かって進み、すなわちいつのまにか「神」を拝む一人となっている。

「朝日新聞」（一九二八・一一・一二）参照。

＊別の歌―同じ一連中の「一段づつのぼる神社の石段を、目の前の女の尻ものぼる。」

＊隠喩―暗喩ともいう。ある物を別の物にたとえる表現技法。「ごとし」「ようだ」などを用いない。明喩（40脚注）も参照のこと。

32

見ろ、誰もがびくびくしながら並んでゐるみんな合格を怖《おそ》れてゐるんだ

*藤野武郎

【出典】「徴兵署にて」（「短歌前衛」一九二九・九）

兵士たちの心の叫び

この歌の詠まれた当時、満二〇歳（徴兵適齢）に達した男子は、*兵役法の規定により*徴兵検査を受けねばならなかった。彼らは、ふんどし一枚になって身長、体重測定、視力や性病の検査などを受け、兵士としての身体的適性を診断された。

歌は、男子たちが検査機の前で「びくびくしながら並んでゐる」と外観を

*藤野武郎―詳細不明。
*兵役法―それまでの徴兵令を一九二七年に改めたもの。明治憲法上の兵役の義務を細かに記す。
*徴兵検査―男子にとって徴兵検査がどのような意味を有していたか、吉田裕『日本の軍隊』（二〇〇二、岩

言い、それは実は「みんな合格を怖れてゐる」からだと、彼らの隠れた心情を表面化させようとする。もちろん、そのように詠む「俺」こそ不合格となることを期待しているのだ。けれどもその期待は非情にも裏切られる。

　合格でしょげて出て来た俺にまた名誉？とぬかすのか馬鹿にするない

検査の結果、*甲種合格と認定された者には、それ以外の者と全く異なるライフコースが用意される。だから「俺」は、「名誉」なことと声をかけてくる周囲の人々に対して、「馬鹿にするない」と心でつぶやくのである。

さて、合格後に実際に徴集されれば部隊に入営となる。もちろんこれも「名誉」のこととして本人は振る舞わなければならない。けれども次の歌からはタテマエと異なる兵士たちのホンネをうかがうことが出来る。

　*べら棒な感傷に追ひ立てられて勇ましい入営だなんてはやし立てるな

　*出たらめは止《よ》してもらはう旗なんか振るんぢやないぞ俺の入営に

街頭で「俺」の入営を見送る人々。彼らは旗を振りながら、「勇ましい入営」とはやし立てる。それに対して「旗なんか振るんぢやない」、「出たらめは止してもらはう」と反駁《はんばく》する「俺」。もちろん、これとて誰にも聞こえない、聞こえてはならない心のなかの声である。

波書店）に詳しい。

*甲種合格―身体が頑健で、一定の身長があるものは、特に現役兵に適するものとして「甲」（第一級の順位）で合格した。

*べら棒な……―玉井紘二「甲種合格」（「短歌戦線」一九二九・五）

*出たらめは……―前掲玉井に同じ。

33

仏壇に光る勲章がなんにならう病む子も母も頼る者なく

中村孝助*

【出典】「小作人」（『プロレタリア短歌集―一九二九年メーデー記念』）

たとえ勲章をもらっても…

仏壇には勲章が光る。ここから一家の父が、すでに「名誉の戦死」を遂げていることがわかる。父親を失った病気の子やその母は、これから誰を頼りに生きればいいのか。仏壇の勲章の輝きと遺族たちの心情の暗鬱《あんうつ》さが一首のなかに対照的に現れている。

＊中村孝助―14脚注参照。

実際、*戦死者の遺族はどのように暮らしていたのだろうか。金銭的な補償としては、遺族には死没者特別賜金《しきん》また死亡賜金などの一時金が与えられた。また戦死者と同一戸籍にある者には、恩給法の規定により扶助料が年金として支給された。これらの金額は戦死者の軍人としての階級や遺族の数などにより一律でなかった。そのため一概に金額を言うことはできないが、階級が低い兵士の遺族ほど経済的に困窮する可能性は高かった。

　*蚊の涙程のめくされ金と勲章くれたつてそれで遺族が食へるかい、忠魂
　碑に反戦のビラをはりつけろ！

この歌では扶助料や死亡賜金などが「蚊の涙程のめくされ金」と揶揄《やゆ》されている。遺族が食うためには勲章も無用のものと退けられた。そうして歌は「忠魂碑に反戦のビラをはりつけろ！」と呼びかける。

各地域に建立された忠魂碑は「*村の靖国《やすくに》」とも呼ばれる。東京九段の靖国神社が戦死者遺族の悲痛を喜びに変える「*感情の錬金術」を弄《ろう》したとすれば、忠魂碑もまた同様に機能した。この歌で、忠魂碑に「反戦のビラ」を貼ろうというのは、戦死者の慰霊を名目にして新たな犠牲を再生産しようとする、それらの装置の欺瞞《ぎまん》を見抜いているからである。

＊戦死者の遺族―その人たちの生活については、一ノ瀬俊也『銃後の社会史』（二〇〇五、吉川弘文館）を参照。

＊蚊の涙程の…―河野力（『おれたちの歌』）もとの表記では「忠」と「反」の二字が「×」（伏字《ふせじ》）になっている。

＊村の靖国―大江志乃夫『徴兵制』（一九八一、岩波書店）のなかの文言。

＊感情の錬金術―高橋哲哉『靖国問題』（二〇〇五、筑摩書房）のなかの文言。

34

撲殺《ぼくさつ》された鮮人《せんじん》が眼に浮かぶのだ灼熱《しやくねつ》の巷《ちまた》にビラを撒《ま》きながら

前川佐美雄*

【出典】「街頭進出」（『プロレタリア短歌集―一九二九年メーデー記念』）

朝鮮人虐殺の現場にて

詞書《ことばがき》に「今年も九月一日は来た」とある。もちろんその日は、かつて一九二三年に関東大震災のあった当日であり、「撲殺された鮮人」とは震災の混乱のなかで虐殺された朝鮮の人々を指している。

殺害された朝鮮人の数*には諸説あるが、司法省の発表で二三三名、政治学者吉野作造の調査で二七一一名、また六四一五名という指摘もある。どの数字をとっても大量殺戮《ジェノサイド》には違いなかろう。惨劇の目撃証言は数多くあるが、

＊前川佐美雄―04脚注参照。

＊殺害された朝鮮人の数―加藤直樹『九月、東京の路上で一九二三年関東大震災ジェノサイドの残響』（二〇一四、ころから）を参照。

前川によるこの一連も、それに加えていい。

　このへんで彼は殺《や》られたと思ふんだ鮮人よねむれ俺はビラを撒く

「俺」はビラを撒きながら、かつて「このへんで」起こった殺人のことを思い出す。この場所でのビラ撒きは、「俺」のなかで、被害者である「彼」を追悼し、慰霊することにも繋《つな》がっている。なぜ「俺」はそう思うのか。

虐殺が起こった原因として、多くの日本人に朝鮮人に対する差別意識と、さらに大日本帝国の統治に容易に服さぬその存在を恐れる意識があったことが指摘されている。

　*どやされる度《たび》に物言はぬが眼は語る不逞鮮人《ふていせんじん》に誰がしたのだ

池田のこの歌では、*労働現場で怒鳴られる朝鮮人の眼に鬱勃《うっぽつ》たる反抗心を見てとっている。彼らを「*不逞鮮人」にしたのは、むしろ日本人側に責任があるのだと、その無理解や冷たい仕打ちを批判しているのだ。

このような問題意識を前川の歌も共有していると見て良い。灼熱の巷《ちまた》に撒かれるビラは、かつて無数の朝鮮人を殺した日本の社会と日本人の意識を変革するためのものである。それを撒くことは、殺された朝鮮人に報いる方途でもあるという信念が前川にはあるのだろう。

*どやされる……池田源太郎（「短歌前衛」一九二九・一一）

*労働現場で―日本に来て働く朝鮮人の姿は多く詠まれている。例えば、大熊信行「東京市民に与ふ」（『母の手』一九七九、短歌新聞社）のなかに、「ふたりして　よかよかかついだ　鮮人の　背骨はゆがむ　ひと足ひと足」などがある。一九二八年頃の作品。

*不逞鮮人―水野直樹は、この語について「日本（天皇）から恩恵を施されているにもかかわらず、反抗する怪しからぬ奴らという意味をこめた言葉」と説明する。当時の新聞などでしばしば使われていた。水野直樹、文京洙『在日朝鮮人』（二〇一五、岩波書店）を参照。

35

昇等*

「明午《みよう》前十時一斉に運転を停止せよ」
ビラは幾つもの指紋を残して
次々の胸に深く深く潜りこむ

【出典】「プロレタリア短歌」（一九三〇・一一）

*昇等――詳細不明。

飛翔《ひしよう》するビラ

一枚紙の印刷物であるビラは、プロレタリアの意思を同志たちに、さらには一般の人々にも拡散して示す、飛翔するメディア（flyer）だった。

この歌のなかで、ビラの内容は明日のストライキについて方針を示すものである。「明午前十時一斉に」、工場機械の「運転を停止せよ」とのメッセージは、労働者たちの「次々の胸に深く深く潜りこむ」。彼ら彼女らは作業で汚れた手のままで、ビラを代わる代わる懸命に読んだのだろう。表面に残った「幾つもの指紋」は労働者たちの結束の証《あかし》でもある。

＊ビラはりだ。なれないハンチングで、こつそり行く十一月の寒い星夜だ。

「学生手記」と題された一連から引いた。「ハンチング」はもとは狩猟用の帽子（Hunting cap）、当時の労働者に好まれた。「なれない」というのは、学生である自分が、今日は憧れからそれをかぶるからだろう。当時、＊マルクスボーイという言葉もあった。彼は人通りのすくない一一月の寒い夜を選んで出かける。適当な壁を見つけて、ビラを貼り付けた彼の頭上には星空が広がる。この構図は少しドラマティックである。

＊いつの間にか窓から投り込まれたビラを囲んで仲間らは何かひそ〳〵と
話しあつてる

この歌では、ビラが誰とも知れぬ人物により「窓から」投げ入れられた。仲間が鳩首《きゆうしゆ》してビラの内容を検討している。「ひそひそ」と声をひそめるのは、その内容を工場長や職場の責任者に聞かれてはならないからだ。かくしてビラは配られ、壁に貼られてプロレタリアの意思を伝えた。そして秘事を共有する集団の団結力を強めたのである。

＊ビラはりだ。……寺本耽一郎「学生手記」（「短歌戦線」一九二九・一）

＊マルクスボーイ―マルクス主義を信奉する青年のことだが、この言葉自体はその思想にかぶれた青年を揶揄するニュアンスがある。

＊いつの間にか……半田正「聞いてくれ（職工の歌）」（「短歌戦線」一九二九・四）

36

「この期をはづしていつあいつらと戦へるか」Kの大声—ストライキへ、真夜中二時の委員会議だ

大原陽二*

【出典】「ストライキ」（『プロレタリア短歌集—一九三〇年版』）

真夜中の会議にて

労働者から選ばれた委員が集まり、雇用者側である「あいつら」との闘争方針について議論している。ストライキをするか、別の戦術でいくか。委員には慎重論を説くものも多い。会議が停滞しかけたなかで「K」が大声を出す。「この期をはづしていつあいつらと戦へるか」。その一声で人々の覚悟が

*大原陽二—詳細不明。

決まった。ストライキ決行へ。真夜中二時のことだ――。

ストライキは、労働者が自分たちの要求を資本家側に受け入れさせるため一時的に労働を拒否することである。一人二人では効果が期待できないし、個別的に馘首《かくしゅ》される恐れもある。雇用者側と比べて圧倒的に不利な立場にある労働者は、なるべく多くの仲間を集めて闘争しなくてはならない。

七十八個の餅と四本のラムネを争議に持ち込むだ君の名はただ同志《タワリシチ》だ*

この歌は、ある争議を支援した仲間のことを詠んでいる。その人は、争議の現場に「七十八個の餅と四本のラムネ」を差し入れた。いかにも中途半端な数の餅とラムネだが、けして豊かではないその人の精一杯の支援だったのだろう。その支援者は実名を名乗らずに、ロシア語で「同志」であるとだけ言い残して去った。

これらの歌の詠まれた一九三〇年前後期は、労働争議*の件数で戦前のピークを記録している。三〇年には九〇六件、参加労働者数八一三二九人、三一年には九九八件、六四五三六人。ただし、数字からだけでは同時代の詳細《ディテール》は見えにくい。プロレタリア短歌は、当時の現場を想像するための補助資料となるだろう。

＊七十八個の……――黒部是久「争議」（「短歌前衛」一九二九・九）

＊労働争議――争議件数については、帝国書院HP「労働組合数および労働争議件数」（https://www.teikokushoin.co.jp/statistics/history_civics/index08.html）を参照。確認日二〇一七・三・三一。

37

背広に中折《なかおれ》がよちよち動かす電車のうしろから俺達あどつと喚声をあげたよ

渡邊順三*

【出典】「市電争議の日」（『短歌前衛』一九三〇・一）

今日は電車がよちよち動く

　一連のタイトルにある「市電」とは東京市中を走っていた路面電車のこと。運営主体は東京市電気局*である。同局の労使間では、開庁の一九一一年から一九三七年までに三〇回の争議が勃発した。

　この歌では、乗務員たちのストライキにより通常の電車運行がストップしたために、仕方なく「背広に中折*」の紳士たちが車両を押して動かしている。その「よちよち」と動く緩慢な電車を見て、「俺達」労働者は「どつと喚声をあげた」。もちろん、ストライキを支持する立場からである。市電争議を

*渡邊順三―富山県に生まれる。家具製造業、印刷工などとして働きつつ、一九二八年に新興歌人連盟に参加。以降プロレタリア短歌の代表的作者として活躍。歌集の他にも『定本近代短歌史』など著作多数。（一八九四―一九七二）

*東京市電気局―同局とその争議については成田龍一「東京市電争議」（『日本大

詠んだ歌を他にも挙げておく。

*故障ですかなと笑ひながら電車を戻して行く車掌の顔は戦意にみなぎつてる

*ゼネストだ、車掌さんしつかりやれよ、私達《わたした》ちやあ歩いて行くよ、勝利の日まで

一首目、ストライキ中の車掌が「故障ですかな」とつぶやきながら、「電車を戻して行く」。車掌は笑顔でいるが、その表情には「戦意」がみなぎっていたという。二首目は、市電利用者の立場からストライキの成功を願って、歩いて移動することを誓う歌。「車掌さん」の行為を励ますものだ。

ところで、当時の市電には女性の車掌も勤務していた。その姿は、例えば次のように詠まれている。

*いま職場を離れてきたばかりのおまへは夜更けの電車にまた揺られてゐる

一九二八年の争議では、この女性車掌たちが市電当局に生理休暇*を要求した。この事実は、女性の労働運動史上の重要な画期として、今でも度々論じられている。

百科全書』一九九四、小学館)を参照。ジャパンナレッジ（http://japanknowledge.com/library/）を使用。

*背広に中折―背広はビジネス用のスーツ、中折れは頭頂部の中央を縦に織り込んだ帽子。肉体労働者でない人々が電車を動かしていたことを指す。

*故障ですかな……―宇井房雄（「短歌前衛」一九三〇・二）

*ゼネストだ……―池上不二子「市電争議」（「短歌前衛」一九三〇・一）

*いま職場を……―荒川繁三「地下室の留置監から」（「短歌前衛」一九二九・一二）

*生理休暇―田口亜紗『生理休暇の誕生』（二〇〇三、青弓社）を参照。

38

嵐のやうに押しよせて来る警官隊の中に赤だすきの娘さんの手早い稲刈り

井上義雄*

【出典】「*立毛《たちげ》押《おさ》えに抗して」（『短歌戦線』一九二九・三）

小作人たちの反乱

いわゆる小作争議の一場面である。小作争議とは、地主と小作人との間で小作料や耕作権等をめぐって起こった争いを指す。農民の生活は第一次大戦後の恐慌にともなって困窮し、争議が多発した。この歌の詠まれた一九二九年には全国で二四三四件の小作争議*が起こっており、八一九九八人の小作人が参加したという。

一連のタイトルにある「立毛《たちげ》押《おさ》え」とは、地主側が小作料を確保するため

＊井上義雄―16脚注参照。

＊「立毛押えに抗して」―この一連の短歌には後に曲が付されて、日本プロレタリア音楽家同盟編『プロレタリア歌曲集』（一九三一、戦旗社）に収録された。

＊小作争議―争議の件数は、帝国書院HP「小作人組合数および小作争議件数」を

に強制的に稲を刈り取ろうとすることである。もちろん、これには農民も黙っていない。

黄熟した俺達の稲を　差押《さしおさ》えやがつた地主の家へ喚《わめ》き叫んでどつとおしよせる

差押えを宣言した地主の家に、怒れる農民たちが「喚き叫んでどつとおしよせる」。恐怖した地主は警官隊も呼んで備えている。けれども掲出歌を見ると、そのとき稲田では、差押え執行に先回りして、農民側の「娘さん」たちが「手早」く稲を刈り取ってしまっていたのだ。「赤だすき」が印象的な「娘さん」の抵抗を歌は讃《たた》える。

当時、小作争議はしばしば激化した。例えば秋田県の前田村では小作料値上げを求める地主とそれを拒否する農民が対立して五年目に突入していた。そして一九二九年一二月、両者はついに武力衝突に至る。

*ゴロ付《つき》も警官もみな共謀《ぐる》だ争議破りに奴等は仲良く動員されて来た

地主側は警官隊さらに暴力団（「ゴロ付」）を雇い入れて、農民と対抗した。このときは、日本刀や竹槍《たけやり》などが交わる大乱闘となり、双方に多数の負傷者が出ることとなった。

参照。URL、確認日などは、36脚注に同じ。

＊ゴロ付も……――北澤孝夫「武器には武器を」（「短歌前衛」一九三〇・一）もとの表記では「警官」の二字が「××」（伏字）になっている。

39

じろりあたりをたしかめたおつかあは素早く炭箱《たんばこ》から「無新」を抜きだしてくる

岡部文夫*

【出典】「売子のおつかあ」（『短歌戦線』一九二九・三）

「無産者新聞」というメディア

「無新」とは「無産者新聞」*の略語。一九二五（大正一四）年九月に創刊された共産党の機関紙である。その名の通り無産者（プロレタリア）を読者に想定した合法的なメディアだったが、発行禁止処分が重なって二九年に廃刊。処分を受けた回数は全二三八号中で一一一回ともされる。

このような新聞を巷間《こうかん》で頒布することは多分に注意を要することだった。

＊岡部文夫―石川県に生まれる。「ポトナム」を経て、一九二八年無産者歌人連盟に参加、以降「短歌戦線」、「短歌前衛」等に出詠。プロレタリア歌人時代の歌集に『どん底の叫び』、『鑿岩《さくがん》夫《ふ》』などがあるが、これらは発禁となった。（一九〇

この歌では「おつかあ」*が、近くの「炭箱」（炭を入れる箱、新聞が入ってると一見思われない）から「素早く」それを「抜きだして」、その人に渡したのである。「じろりあたりをたしかめた」のは、もちろん警察の目が光ってないか確認したのだろう。

また、この状況下では「無新」を買うこと自体が一種の英雄的な陶酔《とうすい》を本人にもたらしたようである。

*無産者新聞を買ふ俺を売子《うりこ》ははればれと見上げる

「売子」に「無新」を求めることは、当局からにらまれることを恐れぬ自身の勇気や、また労働問題に関心を寄せる自らの在り方を、同じ貧しい労働者である売子に示すことでもある。ゆえに「俺」は、売子が自分を「はればれと見上げる」ように感じたのである。

*電車で無産者新聞を読んでる男へおい兄弟と呼びかけたくなる

この歌の場面は電車内。見れば、無産者新聞を堂々と読む男がいる。私はその男の勇気と労働問題への関心とを見て取り、「おい兄弟」と呼びかけたくなったのだ。つまり、この時代に無産者新聞を読むことは、それだけで労働者への連帯の表明になったのである。

八―一九九〇）

*「無産者新聞」―これについては二村一夫の「解題」を参照。法政大学大原社会問題研究所編『無産者新聞 日本共産党合法機関紙（復刻版）』（一九七五―一九七六、法政大学出版局）に収録。

*おっかあ―子どもが母を呼ぶ語だが、この場合は街頭で新聞を売る女性を親しみをこめて呼ぶ。

*無産者新聞を……―岡部「浚《しゅん》渫機《せつき》」（「短歌戦線」一九二八・一二）

*電車で……―半田正「応援」（「短歌戦線」一九二九・三）

40

士野渓近*

ガンと出てジリともせざる大杉の林の如《ごと》き足なみを見ろ

【出典】「デモ」（「短歌戦線」一九二九・二）

ガンと出てジリともせざる労働者

一連のタイトルは「デモ」。デモンストレーション、示威運動のことである。共通した要求をもつ人々が結集して、その団結力を相手方に誇示し、集団の意思を強く示すことだ。

この歌も、労働者や農民が集まって、工場主や地主など資本家のもとに押しかける場面なのだろう。ここでは二通りの解釈で読んでみたい。

＊士野渓近―詳細不明。

一つ目の読み方。歌は集団のなかにいた「大杉」という人物に焦点を当てる。大杉は集団を先導して進み、しかし後方には寸歩《すんぽ》たりとも退くことのない勇敢な同志である。「ガン」と出て「ジリ」ともせざるという前進と後退を現す*擬態語が対比的に用いられていて、あくまで前へ進んで労働者の意思を示そうとする「大杉」の屈強さが表現される。

二つ目。この歌の「大杉」について、まずは太くまっすぐに育った一本の杉の大樹を想像してみるのも良いだろう。続いて、同じような杉の大木を幾本も直立させてみよう。それらは「林の如」く群がり屹立《きつりつ》する。もちろんデモをするのは人間だから、「大杉の林」は無数の男たちのたくましい「足なみ」の*明喩《めいゆ》となっている。

このように「大杉」という語からは、一人の英雄的な人物を思ってもいいし、杉の大樹を想像して、そこからさらに、その太い幹のようにたくましい男たちの太ももやすねのあたりを思ってもいい。作者もわざわざ「大杉」という、名字とも植物ともとれる名詞を設定しているのだから。どちらの読みをとったとしても、この一首では要求実現のためにデモに参加する労働者や農民の団結力、そして身体的、精神的な頑健さが表現されているのだ。

＊擬態語―事物の状態や身ぶりなどを、それらしい音声にたとえて表現した言葉。

＊明喩―直喩ともいう。ある物を別の物にたとえる表現技法。「ごとし」、「ようだ」などを用いる。隠喩（31脚注）も参照のこと。

41

永代の鉄のアーチに雨しぶき空にわきたつメーデーの歌

南正胤《まさたね》*

【出典】「街を貫く無産縦隊」（『おいらはプロレタリア』一九三〇、紅玉堂）

メーデー歌は雨空に響く

メーデー（May Day）は毎年五月一日、世界各地の労働者が行進したり集会を開くなどして、その団結と連帯を示す日である。日本では一九二〇（大正九）年の五月二日に上野公園で一回目が行われた。この歌の詠まれた一九三〇年*のメーデーには、全国一〇八の会場に、三〇万を越える労働者が参集したという。歌は隅田川にかかる永代橋上を労働者たちが練り歩く様子を詠む。折からの雨が、しぶきをあげて、鉄製のアーチに降りかかっている。しかし労働者の行進が止まることはない。彼ら彼女らの口ずさむ「メーデーの歌*」は雨空

＊南正胤―「詩歌」を経て一九二九年、プロレタリア歌人同盟に参加。歌集に『おいらはプロレタリア』（一九三〇、紅玉堂）がある。また、皆川美彦の名で『元禄栄華覚書』（一九三〇、紅玉堂）などの著書もある。

＊一九三〇年のメーデー―参加者数については、大原社会問題研究所編『写真でみるメーデーの歴史』（一九

に向かって、いよいよ高く響いていくという。「メーデーの歌」は「万国の労働者」に「永き搾取に悩みたる無産の民よ決起せよ」と呼び掛ける内容で、集団の闘志を一層高めたのだろう。

　火事のやうに赤旗の炎を靡《なび》かせて街を貫く無産縦隊！

進む無産者たちの頭上には燃えるがごとき「赤旗」が翻《ひるがえ》っている。「縦隊」は縦に並んだ戦闘隊形のこと、つまり行進は進軍に見立てられている。そしてその行進を、監視の警官たちが手荒く迎える。

　弾圧の嵐をむかへて怒濤《どとう》となり群衆はガッチリ腕を組んだ

「弾圧の嵐」のなかで、労働者は互いの腕を「ガッチリ」組んで、警官たちを押し返そうとするのだ。

しかし、メーデーは一九三五年をもって治安上の理由から禁止された。

　*メーデーのない五月

　聞《きこ》えぬ歌ごゑ・聞えぬ足おと　ぢつときいてゐる。

街に再び、メーデーを祝う労働者の歌声と足音が響くようになったのは、敗戦後の一九四六年のことである。

七九、旬報社）を参照。

*「メーデーの歌」については、古茂田信男他編『日本流行歌史　上』（一九九四、社会思想社）を参照。

*メーデーの……長谷川誠一「メーデーのない五月」（『生活の歌』）

42

「その通りだ！」堪《たま》りかねて振り上げた男の手には指が三本しかない

新島喜重*

【出典】「短歌前衛」（一九二九・九）

指のない男の激情

どこかの演説会の会場なのだろう。弁士の話に、「その通りだ！」と賛同した男が手を振り上げた。見れば、その手には指が三本しかなかった――。指のない男を興奮させた弁士の話とは、どのような内容だったのか。たとえば、労働者の安全管理を怠る工場や資本主義を排撃するものだったか、あるいは、兵士たちの身命をないがしろにする兵役や帝国主義の内実を曝露《ばくろ》するものだったたか。いずれにしても、当時の集会でそうした話をするには、いくつかの高い壁があった。

＊新島喜重―詳細不明。

まず＊治安警察法がある。その法律は政治集会を開催する者に事前の届け出を義務づけた。また当局が「安寧秩序」を妨害するものとみなせば、集会を禁止、解散させることが出来た。たとえ開会できたとしても、入り込んだ警官（臨監《りんかん》）が弁士の話を阻止した。

　＊聴衆の気勢がぐんぐん高まつてゆく場外はいつかぎつしり警官が張込《はりこ》んでる
　＊血にもえる弁士が出ると注意中止だ聴衆がだんだん殺気立つてくる
　＊たつた一首の朗読で中止を食らつた田中一郎の降壇際《こうだんぎは》の鋭い睨《にら》み返しだ

警官は「血にもえる弁士」の演説には「中止」を叫んだ。短歌を一首朗読しただけで「中止」を命ぜられた田中一郎は「降壇際」に鋭く警官を睨み返した。そのうちに「聴衆」も「だんだん殺気立つて」、もっと聴かせろという憤懣《ふんまん》が会場に満ちていく。

当時を知る渡邊順三は、「中止」のたびに「＊聴衆から嵐のような拍手が起り、「官憲横暴ッ」という声がとんだ」と証言する。彼の歌も記しておく。

　＊こゝでは拍手だけが許された武器、拍手の嵐は奴等《やつら》にや機関銃とも聞えよう

＊治安警察法―政治集会、結社、デモなどを取り締まるために一九〇〇年に作られた法律。
＊聴衆の……―伊澤信平「旋風の中へ！」（『プロレタリア短歌集―一九二九年メーデー記念』）
＊血にもえる……―浅野純一「党旗のゆくところ」（『プロレタリア短歌集―一九二九年メーデー記念』）
＊たつた一首の……―渡邊清志「俺達の講演会」（「短歌前衛」一九三〇・六）
＊聴衆から―この部分の引用は渡邊順三『烈風の中を』（一九七一、東邦出版社）より。
＊こゝでは……―渡邊順三「市電争議の日」（「短歌前衛」一九三〇・一）

43

柏原政雄*

山宣《やません》のことを話すと骨ばつた頬に涙を流す隣室《となり》の兄弟！

【出典】「短歌前衛」（一九三〇・六）

*柏原政雄――詳細不明。

「山宣」を慕う男の涙

「山宣」は山本宣治《やまもとせんじ》の愛称。労働者は彼を敬愛と親しみとをこめて、そう呼んだ。

山本は一八八九年に京都に生まれ、東京帝大で生物学を修めた。卒業後大学で教鞭《きょうべん》をとり一九二八年には労働農民党の代議士となった。しかし治安維持法*の改悪（最高刑を死刑と改める）に反対するなどしたために、右翼によって刺殺された。一九二九年三月五日のことである。

歌は、山本を慕う人物が、彼のことを話しながら「骨ばつた頬に涙を流」した、その時の様子を記録する。この前の歌には、

*治安維持法――一九二五年に、国体の変革（天皇制の否定）、私有財産制度の否定を目的とする結社の組織者や参加者を取り締まり、処罰するために制定された。共産主義者だけでなく、自由主義者などもその標的

病舎の窓から半分顔を出して話しかける、その闘士の眼に炎を見る

とあるから、私と山本を慕う人物は何らかの理由で入院しながら、病室の窓から顔を出して会話をしているのだ。彼は燃えるような熱情を瞳に宿す「闘士」だが、しかし、殺害された「山宣」のこととなると、人目もはばからず落涙する。それを見た私は彼に「隣室《となり》の兄弟！」と呼びかけたくなるほどの親しみを覚えるのである。

山本の死は労働者、農民に深い衝撃を与えた。人々はその人物を惜しみ、右翼によるテロを呪った。プロレタリア歌人たちも、彼を悼む歌を次々に作った。

*山宣の死が伝へられた瞬間悲愴《ひそう》にゆがめられたみんなの顔が今も目にある

*最後まで俺達の旗を掲げて進んで呉《く》れた君の名は山本宣治だ。

京都宇治にある山本の墓碑の背面には、「山宣ひとり孤塁を守る　だが私は淋《さみ》しくない　背後には大衆が支持してゐるから」と刻まれている。これは奇禍《きか》にあった前日の、農民組合全国大会における山本の演説草稿から抜粋された一文である。

となった。一九二八年には最高刑が死刑となった。

*山宣の……渡邊順三「山宣の死」（「短歌戦線」一九二九・四）

*最後まで……井上義雄「山本宣治氏を悼む」（「短歌戦線」一九二九・四）

44

吉田龍次郎*

「ちよつと来て呉《く》れ」つてんで素直に出て来た俺ぢやねえかぶちこまれて二十日《はつか》にもなる

【出典】「拘引状《こういんじょう》」(「短歌戦線」一九二九・五)

ぶちこまれた男の不平

まずタイトルの「拘引状」から解説したい。平田奈良太郎『捜査手続法』(一九三九、清瀬幸二)によると、「拘引」とは「訊問《じんもん》の目的を以《もっ》て特定人を一定の場所に引致《いんち》する強制処分」のことである。そして、「其《そ》の命令を記載した書面」が拘引状である。

＊吉田龍次郎―詳細不明。

この歌で、「ちよつと来て呉《く》れ」と発言したのが「拘引状」を携えてきた警察官なのだろう。「俺」はその気安い言葉を信じて特に抵抗もせず、「素直に出て来た」。けれどもそのまま留置、つまり「ぶちこまれて」、ついに「二十日」が過ぎてしまったというのだ。

『捜査手続法』には、「拘引したる被告人は裁判所に引致したる四十八時間以内に是を訊問すべし其の内に勾留状を発せざる時は釈放すべし」とある。ならば「俺」が「二十日」も「ぶちこまれた」のは通常の規定を明らかに越えている。その意味で当局の仕方は超法規的、というより、めちゃくちゃである。そして「俺」は「ちよつと」の拘引で済むと信じてしまった自身のま正直さを、あらためてうらめしく思うのである。

プロレタリア歌人たちにとって警察に検束、拘引されることは日常身近にある*危機だった。

　*約束をはぐらかす男じゃないと思つたら畜生！やつぱりやられてゐたか

「同志伊澤《いざわ》に」との詞書を持つ歌。会う約束をしていたはずの伊澤（信平）が、なぜかいつまでも待ち合わせ場所に現れない。彼はやはり警察に拘留されていたのだ。「畜生！」の一語に深い無念の思いがこもる。

＊危機——この「危機」を詠んだものに、ＡＢＣの「帝都の復興だ、御巡幸だ、同志Ａの姿が見えぬ」（『おれたちの歌』より。書誌は07脚注）がある。

＊約束を……——岡部文夫「凱歌」（「短歌前衛」一九二九・九）

45

夜に入れるあらしを機会《しほ》に同志との連絡とりに間道をいそぐ

古田富郎*

【出典】「労働者の歌へる」（「短歌戦線」一九二八・一二）

嵐の夜を走る人影

ようやく夜となった。外は嵐だ。雨風の一層激しくなったことを好機にして、脇道から脇道を抜けて同志のもとに急ぐのだ――。

同志と連絡をとろうとする作中の人物は何重にも用心深い。夜になるのを待ち、嵐が来たのを幸いに外出している。わざわざ人通りの少ない「間道」を選んで、しかも急ぎ足だ。

*古田富郎―詳細不明。

彼が官憲の眼を避けるべく慎重になっていることは、すでに読者には了解済みと思われる。39や41、44でも見てきたように当時共産党や労働運動に関わることは、それだけで検束の対象となり、見つかれば、そのまま拘引、拘留される可能性があった。

別の作者、石塚栄之助は「新党準備会代表者会議」（「十月廿《にじゅう》五日」「短歌戦線」一九二八・一二）と詞書のある一連に、次のような歌を残している。

はるばるとけふの会議に薬屋の姿に化けてたどり来し同志

或《あ》る同志は四つの列車を利用して今日の会議にたどりつきたる

この歌で「同志」たちは、「新党」を立ち上げるための「けふの会議」に参加しようとして、様々な工夫をこらす。ある者は「薬屋の姿に化けて」、またある者は「四つの列車を利用して」、そこに至った。列車を乗り換え、別の列車に乗り継ぐのは、尾行しているかもしれないスパイの目をくらますためである。会議がスパイに見つかれば、自分や「同志」たちが一網打尽になる可能性があるからだ。運動家たちを見張るスパイを詠んだ歌も一首挙げておこう。

この宵も同志の家の道端にスパイは雨に濡れて立つてる＊

＊この宵も……古田富郎（「短歌戦線」一九二九・四）

46

友と呼ぶ友はみんな獄の中鉄の鎖よゴリキーの唄よ

浅野純一*

【出典】「三・一五事件後」(『プロレタリア短歌集―一九二九年メーデー記念』)

治安維持法と三・一五事件

一九二八(昭和三)年三月一五日、治安維持法違反の容疑で、共産党員と関連の活動家などが一斉検挙された。世にいう三・一五事件*である。弾圧は三一都道府県にわたっておこなわれ、検挙者総数は一五六八名にのぼった。

この歌は三・一五事件について詠むもので、自分にとって「友と呼ぶ友」がみな獄中に囚《とら》われてしまった現実を嘆く。歌のなかの「ゴリキー」はロシ

*浅野純一―29脚注参照。

*三・一五事件―神田文人「三・一五事件」(『国史大辞典』一九七九―一九九七、吉川弘文館)を参照。ジャパンナレッジ(http://japanknowledge.com/library/)を使用。

アの作家で戯曲「どん底」の作者。「唄」とは戯曲中で歌われる「どん底の唄」*を指す。その歌詞は囚人の立場から、夜も昼も牢番《ろうばん》に監視されている苦しみを歌い、さらに「逃げはしたいが、鎖が切れぬ」と言う。もともとの戯曲内では、ロシアの下層の人々が日々の貧しい暮らしを「牢獄《ろうごく》」に見立てて、そこから逃れられぬ苦しみを歌うものだった。

掲出歌は「どん底の唄」をふまえることで、その歌詞を読者に想起させたはずだ。そして、三・一五事件で検挙された人々が、実際の獄中で厳しい監視にあいながら日々起居していること、しかも囚われた人々は貧しさから逃れられぬ薄幸な人々であって、弾圧が不当であると訴えたのである。

翌一九二九年にも共産党党員および支持者約三〇〇名が一斉検挙されている（四・一六事件）*。二度にわたる大弾圧は、党と支持者たちに大きな衝撃を与えた。

なお、治安維持法*は、やがて、マルキシストだけでなく宗教団体や学術や文化サークルなどにも適応されるようになる。同法により検挙された者の数は、一九二五（大正一四）年の成立から一九四三年までに、六七〇〇〇名を越えたとされる。

＊どん底の唄―歌詞引用は中村白葉訳『どん底』（一九三六、岩波書店）より。

＊四・一六事件―梅田欽治「四・一六事件」（『日本大百科全書』）を参照。書誌等は37脚注に記載。

＊治安維持法―同法による検挙者数については、渡辺治「治安維持法」（『日本大百科全書』）を参照。書誌等は右に同じ。

47

矢代東村*

逮捕、急死、
急死、急死、急死。
ああ、それが何を意味するかは
いふまでもない。

【出典】「詩歌」一九三三年五月（『東村遺歌集』一九五四、新興出版社）

＊矢代東村―千葉県に生まれる。弁護士を生業とした。大正期以来、「詩歌」、「生活と芸術」、「日光」等に作品を発表。口語歌をよくした。一九二八年、新興歌人連盟に参加。歌集に『一隅より』（一九三二、白日社）など。（一八八九―一九五二）

短歌に記録された拷問

一九三三年二月二〇日、小説『蟹工船《かにこうせん》』によって知られたプロレタリア作家小林多喜二*が、築地《つきじ》警察署内で拷問によって殺害された。「読売新聞」二二日夕刊は、このことを「格闘して逮捕され小林多喜二氏急死」と見出しをうって報じている。掲出歌はこうした報道を受けて詠まれたものだろう。

歌の一行目、作者は、小林が「逮捕」されて「急死」したという記事を見つけた。二行目に「急死」の語が三度繰り返されるのは、その二文字を目にした時の動揺が心に広がる様子ととれる。さらに三行目以下では、「急死」の語が本当は何を意味しているか、自分にはよくわかるというのだ。

もちろん報道は「拷問」のあった事実を一切語らない。例えば前掲の記事には、「水谷*特高《とっこう》主任が取調べを開始したところ午後四時頃突然発病して苦《く》悶《もん》を始め」た。医師を呼んで小林を診断させたところ、「心臓麻痺《まひ》の危険がある」ため、「直ちに入院させたが約一時間後遂《つい》に死亡した」とあるのみである。声高《こわだか》には語られない、しかし確実に存在した拷問の事実を、プロレタリア短歌はありありと記録している。

*奴等に小突《こづ》き回されてゐる友の引き裂《さか》れたシャツを留置場で受けとつて来た

*さんざつぱら撲《なぐ》りやがつて「もう撲らんから云つてしまへ」だとよ、小供だましも大概にしろ

*縛つて引き倒して、口と鼻から水をそそいで、それで此《こ》の俺が白状すると思ふのか

なお戦後、「日本国憲法」の第三六条には「公務員による拷問及び残虐な刑罰は、絶対にこれを禁ずる」と明記された。

*小林多喜二——小説家。代表作「蟹工船」は北洋でカニ漁と加工を行う船上が舞台。過酷な労働に従事する労働者たちの蜂起を描く。他の作品に「党生活者」「不在地主」など。(一九〇三—一九三三)

*特高——特別高等警察のこと。一九一一年に設置され、敗戦直後まで活動した。社会運動や思想の取り締まりに当たった。

*奴等に……——伊澤信平「一週間」(「短歌戦線」一九二八・一二)

*さんざつぱら……KM生(「短歌前衛」一九二九・一二)

*縛つて……——木下泰治「拷問に堪ゆ」(「短歌前衛」一九三〇・四)

48

槇本楠郎*

靴音
深夜の靴音
制止する監守の声の下から
あちらでも、こちらでも
静かに湧き上る、独房の歌声

【出典】「一一月七日」(『プロレタリア短歌』一九三〇・一一)

獄中に湧きあがる歌ごえ

一連のタイトルである一一月七日は、ソビエト*政権が誕生したロシア革命の記念日である。獄中のマルキシストにとっても慶賀すべき日であった。深夜、監守が巡回をしている。獄内には「靴音」がコッコッと響く。やがて時計の針は0時を回って一一月七日が来た。すると、どこかの独房から革命を祝う歌が聞こえる。監守は慌てて歌をやめさせようとするが、けれども

*槇本楠郎―岡山県に生まれる。早稲田大学中退後、詩、童話、童謡などを発表。特にプロレタリア児童文学運動を推進した。プロレタリア短歌運動にも関わり「短歌前衛」、「短歌評論」などに作品を残した。(一八九八―一九五六)

その声をくぐって、あちらこちらから歌が湧き上がったという。
　果たしてこのようなことが実際にあったのだろうか。獄中経験のある林田茂雄もこれに類する経験をしていた。林田が一一月七日の朝、顔を洗っていたときのこと。「いきなり*どこかの窓から『日本共産党万歳！』の叫びが聞こえてきた。びっくりして、水のしたたるままの顔をあげたら、つづいて方々から『万歳』『万歳』がおこった」という。監守もそれを止めようとするのだが、「ほんの二秒か三秒かのすきにひろがってしまう喚声」で、とても止めようがなかったというのだ。
　囚われの身となったマルキシストたちが獄中で何を思い、どう過ごしていたか。その様子がうかがわれる歌は多いが、一首だけ挙げておこう。

　　じつときく*
　　運動場のかけ足の
　足取りのたしかさはマルクス主義者だ。

刑務所内に運動場がある。囚人がそこで運動をしている。自分は彼のかけ足の音から、その囚人が同志であることを感じている。その「たしかな」足音から、獄中生活を耐え抜くための励ましを受け取っているのだ。

*ソビエト―一九一七年のロシア革命を契機として一九二二年に成立した歴史上初めての社会主義国家。一九九一年まで存在。世界の政治に大きな影響力を持ち、アメリカとの間で「冷戦」を繰り広げた。

*いきなり―この部分の文章引用は、林田茂雄『「赤旗」地下印刷局員の物語　わが若き日の生きがい』（一九七三、白石書店）より。

*じつときく……―大塚金之助「獄中の歌」（『人民』一九七九、新評論）

49
お袋よ、そんな淋しい顔をしないでどうしてこんなに苦しいのかそれを考へて下さい

小澤介士*

【出典】『おれたちの旗』

泣きくずれる母親を前に…

母親が、社会運動に関わっている息子を「淋しい顔」で見ている。危険な運動に関わる息子がどうなるか心配で仕方ないのだろう。

しかし、息子にも言い分がある。自分たちの生活がいつまでも貧しいのは、現状の国家や社会システムに問題があるからではないか。この暮らしから抜け出るには、運動に関わって社会を変えていくことが最善なのではないか。母親には「どうしてこんなに苦しいのか」を考えて欲しい。そして自分の活

*小澤介士―詳細不明。

動を認めて欲しい。けれど、まったく理解してくれないのだ——。

運動に関わる当事者であるプロレタリア歌人たちは、その立場から、家族の無理解を題材にした歌を多く残している。

＊政府《おかみ》にたてをつくなと泣く兄だ老人じみたこの言葉を聞け

この歌では、兄が泣きながら「政府にたてつくな」と運動に関わる弟を諭《さと》している。たとえどんな「政府」でも逆らうべきではないという、兄には兄の信念がある。弟はそれを「老人じみた」考えと批判している。

＊正しいと思ふ心はつゆ変らねど
目の前に母が
泣きくづれてゐる

こちらは、すでに収監されている自分に母親が面会に来た場面。囚われて獄中にあっても、自分が社会運動を「正しいと思ふ心」は全く揺るがない。けれども、「目の前に母が泣きくづれてゐる」という現実がある。その母の嗚咽《おえつ》に胸がしめつけられているのだ。

ちなみに、当時、マルキシストから「転向＊」した人々には、その理由を、近親愛からとするものが圧倒的に多かったという報告＊がある。

＊政府に……浅野純一「同志よ」（『戦の唄』）

＊正しいと……南龍夫「時代の頌」（「詩精神」一九三四・一〇）

＊転向——「権力の強制によって起こる思想の変化」と思想の科学研究会編『共同研究　転向』（一九五九、平凡社）は説明する。特に一九三〇年代のマルクス主義者が共産主義思想を放棄したことをいう。

＊報告——橋川文三編著『日本の百年7アジア解放の夢』（二〇〇八、筑摩書房）第三部第二章を参照。

50　クレーン、ピアー、ガーター
そして数万の鋲《びょう》たち
みんなひつそりとして
春の雨降る。

青江龍樹*

【出典】「橋梁《きょうりょう》架設工事」（『集団行進』）

春雨の向こうがわの沈黙

「クレーン」は重い荷を吊《つ》りあげる機械。「ピアー」は橋梁を支える橋脚のこと。「ガーター」は橋脚の上に横たえる建材で桁《けた》とも言われる。それらを「数万の鋲」がしっかりと繋《つな》ぎ止《と》めて、橋梁はもうまもなく完成することになる。

だが今日の現場に工員の姿は見えない。春の雨が現場を覆い尽くして、工事は中止となったようだ。巨大なクレーンもピアーもガーターも、そして無

＊青江龍樹―大阪に生まれる。農民運動での検挙を経て、日雇人夫さらに大阪府土木課に勤務。一九三五年に「短歌評論」に参加。その後、中国に出征し戦病死した。（一九一三―一九四五）

数の鋲も「みんなひつそり」と静まって、ただ雨に濡れている。

「橋梁架設工事」と題されたこの一連の随所には、生き生きと働く労働者の姿とクレーン、リフト、ミキサーなどの機械動力が詠まれている。しかし過酷な労働に従事することへの憤懣《ふんまん》や、資本家への怨嗟《えんさ》、機械への複雑な感情などは、どこにも見当たらない。掲出歌では、現場全体が美しく抒情《じょじょう》化されているとさえ言えよう。これはある意味では、プロレタリア短歌の変質ではないか。

この一連を収録した歌集『集団行進』は一九三六（昭和一一）年に刊行された。それは二・二六事件*のあった年であり、メーデー*の中止された年でもある。人々の思想、言論の自由はいちじるしく制限されていた。翌年には日中戦争も始まる。開戦にあわせて政府は「国民精神総動員*」を号令した。こうした時代の圧力のなかで、プロレタリア短歌も「勤労者短歌」を自称するようになっていく。

機械も建材も、やわらかな春の雨に濡れていく風情は確かに美しい。しかし、想像しておきたい。この情景の背後には、強いられた無慮無数の沈黙があったことを。

*二・二六事件―一九三六年二月二六日、陸軍の皇道派青年将校が政治改革を目指して起こしたクーデター事件。大臣等を殺害し永田町一帯を占拠した。この事件を詠んだ山埜草平の歌が「短歌評論」（一九三六・四）にある。

知ることを
禁止《とめ》られている市民《ひとびと》
全身を聴覚にして雪の中
ゆく

*メーデーの中止―41脚注参照。

*国民精神総動員（運動）―日中戦争開始後、政府が実施した教化運動。挙国一致・尽忠報国などのスローガンを掲げて、国民に戦時意識を徹底させようとした。

関連年表

西暦	年号	歴史事跡	プロレタリア短歌の事跡（月）
一九二三	大正一二年	関東大震災（9）	
一九二五	大正一四年	治安維持法公布（4） 普通選挙法公布（5）	
一九二八	昭和三年	最初の男子普通選挙（2） 三・一五事件（3）	新興歌人連盟結成（9） ＊一ヶ月後分裂 無産者歌人連盟結成（11） 「短歌戦線」創刊（12）
一九二九	昭和四年	山本宣治刺殺される（3） 四・一六事件（4） 昭和天皇、即位の大礼（11） ＊この時期、労働争議・小作争議が頻発。	『プロレタリア短歌集』刊行（5） プロレタリア歌人同盟結成（7） 「短歌前衛」創刊（9） ＊二五〇〇部

一九三〇　昭和五年　帝都復興祭（3）
＊この年から翌年にかけて「昭和恐慌」が最深刻化、国勢調査の項目に「失業者」が追加された。
『プロレタリア歌論集』刊行（1）
プロレタリア短歌絵入色紙展覧会を開催（1）
プロレタリア短歌講演会開催（4）
『プロレタリア短歌集　一九三〇年版』刊行（9）
「短歌前衛」を「プロレタリア短歌」と改称（11）

一九三一　昭和六年　満州事変（9）
＊この年、プロレタリア短歌の詩への解消問題が議論される。

一九三二　昭和七年　満州国建国（3）
プロレタリア歌人同盟解散（1）
「プロレタリア短歌」終刊（4）

一九三三　昭和八年　小林多喜二、殺害される（2）
国際連盟脱退（3）
共産党幹部の佐野学、鍋山貞親ら
渡邊順三ら「短歌評論」創刊（4）

		が転向声明（6）	
一九三五	昭和一〇年		『世紀の旗』刊行（5）
一九三六	昭和一一年	二・二六事件（2） ＊この年以来、メーデーは禁止	『集団行進』刊行（5）
一九三七	昭和一二年	盧溝橋事件（7）、日中戦争へ	『生活の歌』刊行（6）
一九三八	昭和一三年	国家総動員法公布（4）	「短歌評論」廃刊（1） 高橋喜惣勝により「短歌時代」創刊（5）、以降一九三九年三月まで継続。
一九四一	昭和一六年	太平洋戦争開戦（12）	渡邊順三ら「短歌評論」グループ、治安維持法違反容疑で検挙される（12）

解　説　プロレタリア短歌の表現と展開、その可能性――松澤俊二

はじめに

　書店や図書館で、何となくこの本を手にとった人は、ページを開いて、きっと驚いたことと思う。

　短歌といえば、五七五七七のかたちで五句三十一音というのがルールのはずだ。いわゆる文語（「けり」とか「なりたり」とか）を用いる短歌も多い。けれども、この本に載っている短歌には、奇妙に長いものがあるし、俗語っぽいものや話し言葉がしばしば用いられている。歌の内容を見ても、なぜか怒っている場合が多いようだ…。

　もしかすると、和歌や短歌に詳しい人ほどプロレタリア短歌に対峙《たいじ》して戸惑うのではないか。この解説で、その困惑を少しでも「納得」に変えてもらえればと思う。

プロレタリア短歌とは何か

　まず、プロレタリアとは自身の労働力をもとでにして生活する賃金労働者のこと。無産者とも言った。働く彼ら・彼女らの視点から作られた短歌を、とりあえずプロレタリア短歌と考えておけばいい。

　けれども、例えば石川啄木は、明治期にはすでにそのような視点から歌を詠んでいた。だから、もう少しだけ別の角度からプロレタリア短歌を定義しておく必要がある。

　事典の記述を参照すれば、その短歌は一九二八（昭和三）年九月の新興歌人連盟の結成を

契機として生まれた。その後、グループの名称変更、機関誌の改廃などを経て一九三二年一月のプロレタリア歌人同盟解散までに作られた短歌を指す、ということになっている。（＊水野昌雄「プロレタリア短歌」『現代短歌大事典』二〇〇〇、三省堂）

本書もこの定義に従って、ほとんどの歌を「短歌戦線」、「短歌前衛」（上記の連盟や同盟の機関誌）から採録している。

プロレタリア短歌の評判

だが、プロレタリア短歌の評判は実は良くない。というか、はっきりいって悪い。例えばこんな評価がある。

その短歌は、地主や資本家らへの〈憎悪、反抗、悪罵《あくば》〉であって〈抽象的な政治スローガンの誇示と、敵とするものへの観念的な怒号〉に他ならず、〈文学として短歌としての価値〉が〈ほとんど無〉い。（＊木俣修『昭和短歌史』一九六四、明治書院）

確かに指摘されたような一面もある。けれども、誰も「全て」を論じきることはできない。何かを「無価値」と決めてしまう意見には、いつだって「本当にそうか？」と問い返すことが重要だろう。そこにあったかもしれない「豊かさ」を、評価者が見落としてしまった、そのせいで読者もそれを見逃してしまう可能性があるからだ。

だから、この解説では、プロレタリア短歌の表現、内容とあわせて、その可能性にも少し触れてみたい。

プロレタリア短歌の表現

その短歌の表現形式だが、五七五七七のかたち（「定型」といわれる）について、あるプロレタリア歌人はこんなふうに考えていた。

定型は、自分たち労働者を圧迫してきた「支配階級」（ここでは資本家（ブルジョア）や貴族たち）の言葉にぴったりと合うもので、古い社会（「封建社会」）の考え方を示すものに過ぎない、と。（＊荒川繁三「プロレタリア短歌形態に關する小論」『プロレタリア歌論集』一九三〇、紅玉堂）

なるほど考えてみると、五七五七七という形式が何なのか、古くからあるには違いないが、なぜそれを現代の人も使わなければならないか説明することは難しい。たいていの人は「短歌はそういうものだから…」とお茶を濁すに違いない。もちろん、プロレタリア歌人が出した答えも「正解」と即断できない。でも、上のように定型を考えることで、五七五七七にこだわらないことを決めた。むしろ積極的にそれを越えていくことにした。

次に彼らは、プロレタリアである自分たちの短歌にはプロレタリアの言葉を用いるべきだと考えた。「支配階級」の言葉は、ご丁寧で冗長だ。一方で労働者には、工場の機械の騒音のなかで働く者や炎天下で終日耕作する者もいて、キレが良く簡潔な言葉でコミュニケーションをしている。だから短歌にもそういう言葉を使おうと主張した。（＊井上義雄「所謂効果的表現に関連して」『プロレタリア歌論集』前掲）

その結果、定型にとらわれない、しかも労働者や農民の日常使いの言葉を用いた、時に荒々しくもあるプロレタリア短歌の特徴的表現が誕生した。

プロレタリア短歌の内容

その短歌には、指摘されてきたように、プロレタリアの「敵」とみなされた資本家や地主への反抗や怒りの表現が多い。さらに日本という国家への批判も目につく。国家は貧しい労

「短歌戦線」（2巻3号、1929・3）表紙
（日本現代詩歌文学館所蔵）
＊多様な職業のプロレタリアたちがスクラムを組んでいる。

「短歌前衛」（創刊号、1929・9）表紙
（日本現代詩歌文学館所蔵）
＊筋骨隆々としたプロレタリアが革命の旗を掲げている。

働者や農民からも重い税をとりたてる。時に彼らを兵隊にして工場や田畑などの労働現場から引き離す。また、多くマルキシスト（本書005ページを参照せよ）であった彼らの思想や行動に対しては、日常から圧迫が加えられていたから、それへの反発もあった。でも、何かへの怒りや反抗心を短歌表現の素材にしていけないことはない。

プロレタリア短歌の特徴は他にもある。試みに、彼らが詠まなかったものを挙げてみよう。たとえば自然の美しさである。どの歌人でも一首や二首は詠むだろうそれを彼らは詠まなかった。自然は、特に農民歌人にとっては観賞の対象でなく、農作業を通じてその厳しさを受け入れ、さらに進んで変容させる対象だからだろう。また恋愛を詠んだ歌もなかなか見当たらない。もちろん労働者の生活にも恋愛はあったろうが、その短歌の主要なテーマとして浮上することはなかった。重労働や貧苦の問題など、より切実なテーマがあったからである。

他に、彼らの歌は戦争を讃えなかった。国家や皇室の慶事に際して祝意を示さなかった。その意味でいえば、彼らが取り上げた素材は一般的（?）な近代歌人より狭いのかもしれない。その代わりに、一度対象として選ばれた素材は多様に表現された。たとえば、本書07～28の歌を見て欲しい。ここから、工場、鉱山、田畑、山林、教室、事務室、ビルの上や都市の底で働くプロレタリアの生活を垣間見ることが出来るだろう。男も女も怒り、誇り、恐れ、喜ぶ、その具体的な姿を想像することが出来るだろう。

こうした歌に〈文学として短歌としての価値〉がないのか、あるのか。判断は読者の皆さんに委ねたい。（でも、その前に、そもそも「文学」とは何かという重大な問題がある。）

プロレタリア短歌運動の挫折

プロレタリア歌人達の活動が最も華々しかったのは、一九二九年から翌三〇年にかけてだった。活動の詳細は本書収載の関連年表にあたってもらいたい。その時期、機関誌の「短歌前衛」も売れ行き好調で、三〇年一月号は三〇〇〇部にも達したという。

しかし、「春」は意外に短かった。一九三二年にプロレタリア歌人同盟は解散している。歌人たちにいったい何が起こったのか。

早期の解散の理由の一つは、定型を遥かに超えて長大化する自分たちの作品に対して、「本当にこれは短歌なのか?」という疑問が芽生えたからである。もちろん、支配階級のものである定型をくつがえすことが、労働者中心の新しい社会を実現するために必要なのだ、という考え方はあった。しかし、出来上がった作品は長大で、「短歌」という名詞を明らかに裏切っていた。そこで、「もう「短詩」という名称で活動した方が自然でないか?」という意見が持ち上がる。この意見に同調する人が相次いで同盟は解散、プロレタリア詩人会に合流することとなる。

それから、国家からの度重なる圧迫も、その短歌を早く衰えさせた原因として挙げなくてはならない。

治安維持法、治安警察法等を根拠にした（あるいはまったく根拠のない）身体的、物理的な暴力が、プロレタリア歌人たちを幾度も打ちのめしたことは充分想像しうる。さらに加えて、表現者である彼らには出版法などに基づく機関誌や歌集の発売禁止処分もダメージとなった。この発売禁止処分に関連する歌を次に挙げておく。

××××る爪の落書
××と××の爪の落書
みんなでこの爪あとを深くしろ
××と××を深くしろ
　プロレタリアの××と××を

まず、否応なしに眼に入る××について、これを「伏字《ふせじ》」という。歌人や出版者側が検閲に触れそうな言葉をあらかじめ隠して、発禁処分を免れるために採用した窮余の策である。伏字のせいで、現在の我々には（もしかしたら当時の人にも）歌の意味がよくわからない。しかし、この異様な外観から、プロレタリア短歌と当時の国家との間にあった緊張感を想像してもらえればと思う。（＊渡邊順三『口語歌集・新興短歌集』一九三一、改造社）

その後のプロレタリア短歌、またその可能性

かくしてプロレタリア短歌運動は早々と沈静化してしまった。けれども、その後も短詩でなく短歌にこだわり、継続的に作品を発表するものもいた。例えば渡邊順三率いる「短歌評論」（一九三三・四―一九三八・一）グループである。彼らは月々の機関誌の他、年刊歌集として『世紀の旗』、『生活の歌』、『集団行進』などを刊行した。また、雑誌「詩精神」（一九三四・二―一九三五・一二）に参加した歌人たちの作品も逸しがたい。本書にも何首か、この時期の短歌を採録した。

同盟解散後の作品には、最盛期に見られたような激しい怒りや反抗こそ見えなくなったが、その代わりに、働く主体のしみじみとした心情や暗く厳しい時代に耐える苦悩、しいたげられる者へのいたわりなどが、一層深化して表現されるようになった。一九三一年の満州事変以降の長い戦争の時代にも、運動の火は小さくも継がれていったのである。

さて最後に、プロレタリア短歌の可能性について簡単に触れておこう。その短歌はプロレタリアの労働状況や消耗する心身、貧困を詠み、彼ら・彼女らを搾取する資本家への怒りと抵抗の具体相を表現した。しかしそれだけではない。資本主義のもとで変化する社会や都市の姿、帝国・軍国下に生きた人々の有様、思想や言論を統制し自由を抑圧する国家の諸権力の相貌をあらわにした。さらには、関東大震災時の朝鮮人虐殺や、獄中生活あるいは拷問の実態を詠んだものもある。このように、ともすれば忘却されがちなテーマまでを扱うプロレタリア短歌に、「記録としての価値」を見いだすことは容易である。

また、二〇一八年現在の我々が直面している諸問題、例えばワーキングプア、子どもの貧困や労働、女性の就業と出産、育児の問題、労働災害や障がい、マイノリティとの共生、協同などについての問題意識が、プロレタリア短歌に先駆的に表現されていると考えることも可能だ。もちろん、歌人たちの考えには時代的な限界があるし、何よりその短歌が生まれた頃と現在とでは社会環境が違いすぎる。安易な同一視は避けなくてはならない。しかし、それに留意しながらであれば、その作品群を我々の参照項として生かすことも出来よう。

優れた記録は、読者をして自分が直接的には知らないけれど、かつてあった「過去」に引き込む。プロレタリア短歌は、読者を「過去」にアクセスさせる媒介になりうるのだ。そこから私たちは、未来を拓くための知識や社会の見方を新たに獲得し、何らかの教訓を得ることもあるに違いない。

読書案内

○

『プロレタリア短歌・俳句・川柳集』（日本プロレタリア文学集40）新日本出版社　一九八八

プロレタリア短歌を俳句、川柳の成果とあわせて集成したもの。収録歌人・短歌の数は他に類を見ない。同時代資料が手に入りにくいこの分野での基本文献。

○

『短歌と天皇制』　内野光子　風媒社　一九八八

歌会始や天皇の短歌の政治性について継続的に発言する著者の評論集。本書は検閲や発禁歌集についての論考も掲載する。短歌と政治との関わりを知りたい人に。

○

『だからプロレタリア文学　名文・名場面で「いま」を照らしだす17の傑作』　楜沢健　勉誠出版　二〇一〇

短歌だけでなく、小説を中心とした「プロレタリア文学」の表現とその広がりを知りたい人に。

○

『帝国主義と民本主義』（日本の歴史19）武田晴人　集英社　一九九二

『戦前昭和の社会 1926—1945』（講談社現代新書）井上寿一　講談社　二〇一一

これらの本を資料にして同時代的な社会、経済や政治状況、文化なども視野にいれておくと、プロレタリア短歌についての理解も深まるはず。

『労働者と農民　日本近代をささえた人々』（小学館ライブラリー）　中村政則　小学館　一九九八

○

『昭和前期の家族問題 1926 ～ 45 年、格差・病・戦争と闘った人びと』　湯沢雍彦　ミネルヴァ書房　二〇一一

当時の労働者や農民の暮らし方、働き方、その喜びや怒り、嘆きについて知るために参照したい。

○

『烈風のなかを　私の短歌自叙伝』　渡邊順三　新読書社出版部　一九五九

『「赤旗」地下印刷局員の物語　わが若き日の生きがい』　林田茂雄　白石書店　一九七三

プロレタリア短歌運動に実際に関わっていた二人の自叙伝。運動のみならず検閲や検束の実態、獄中生活まで赤裸々に語られている。

○

『新版　社会・労働運動大年表』　法政大学大原社会問題研究所編　労働旬報社　一九九五

近代日本の社会変容と、それに関わって生起する労働の諸問題を取り上げて年表化（一八五八年から一九九四年まで）したもの。用語解説も付され、辞典としても使用できる。

＊藤田晋一様、中村孝助様、石榑茂様、五島美代子様、浅野純一様、林田茂雄様、会田毅様、渡邊順三様の著作権継承者を探しています。ご存知の方は編集部までご一報いただければ幸いです。

歌人名索引

。歌本文の作者、また鑑賞・脚注内の歌人名を採録した。数字は、頁数である。

【著者プロフィール】

松澤俊二（まつざわ・しゅんじ）

1980年、群馬県生まれ。名古屋大学大学院博士後期課程を経て、博士（文学）。
現在、桃山学院大学社会学部准教授。
著書に『「よむ」ことの近代　和歌・短歌の政治学』（青弓社）。本書と関連する論文に「『プロレタリア歌論集』再読――その短歌の限界と可能性」（「桃山学院大学社会学論集」2016.2）がある。

プロレタリア短歌《たんか》　コレクション日本歌人選 079

2019年1月25日　初版第1刷発行

著　者　松澤俊二

装　幀　芦澤泰偉

発行者　池田圭子

発行所　笠間書院

〒101-0064　東京都千代田区神田猿楽町2-2-3

電話03-3295-1331 FAX03-3294-0996

NDC分類911.08

ISBN978-4-305-70919-6

本文組版：ステラ　印刷／製本：モリモト印刷

（本文用紙：中性紙使用）

乱丁・落丁本はお取り替えいたします。

出版目録は上記住所または、info@kasamashoin.co.jp までご一報ください。

コレクション日本歌人選　第Ⅰ期～第Ⅲ期　全60冊！

第Ⅰ期　20冊　2011年（平23）2月配本開始

1	柿本人麻呂	かきのもとのひとまろ	高松寿夫
2	山上憶良	やまのうえのおくら	辰巳正明
3	小野小町	おののこまち	大塚英子
4	在原業平	ありわらのなりひら	中野方子
5	紀貫之	きのつらゆき	田中登
6	和泉式部	いずみしきぶ	高木和子
7	清少納言	せいしようなごん	圷美奈子
8	源氏物語の和歌	げんじものがたりのわか	高野晴代
9	相模	さがみ	武田早苗
10	式子内親王	しょくしないしんのう（しきしないしんのう）	平井啓子
11	藤原定家	ふじわらていか（さだいえ）	村尾誠一
12	伏見院	ふしみいん	阿尾あすか
13	兼好法師	けんこうほうし	丸山陽子
14	戦国武将の歌		綿抜豊昭
15	良寛	りようかん	佐々木隆
16	香川景樹	かがわかげき	岡本聡
17	北原白秋	きたはらはくしゆう	國生雅子
18	斎藤茂吉	さいとうもきち	小倉真理子
19	塚本邦雄	つかもとくにお	島内景二
20	辞世の歌		松村雄二

第Ⅱ期　20冊　2011年（平23）10月配本開始

21	額田王と初期万葉歌人	ぬかたのおおきみ　しょきまんようかじん	梶川信行
22	東歌・防人歌	あずまうた　さきもりうた	近藤信義
23	伊勢	いせ	中島輝賢
24	忠岑と躬恒	みぶのただみね　おおしこうちのみつね	青木太朗
25	今様	いまよう	植木朝子
26	飛鳥井雅経と藤原秀能	まさつね　ひでよし	稲葉美樹
27	藤原良経	ふじわらのよしつね（りょうけい）	小山順子
28	後鳥羽院	ごとばいん	吉野朋美
29	二条為氏と為世	にじょうためうじ　ためよ	日比野浩信
30	永福門院	えいふくもんいん（ようふくもんいん）	小林守
31	頓阿	とんな（とんあ）	小林大輔
32	松永貞徳と烏丸光広	ていとく　みつひろ	高梨素子
33	細川幽斎	ほそかわゆうさい	加藤弓枝
34	芭蕉	ばしよう	伊藤善隆
35	石川啄木	いしかわたくぼく	河野有時
36	正岡子規	まさおかしき	矢羽勝幸
37	漱石の俳句・漢詩		神山睦美
38	若山牧水	わかやまぼくすい	見尾久美恵
39	与謝野晶子	よさのあきこ	入江春行
40	寺山修司	てらやましゆうじ	葉名尻竜一

第Ⅲ期　20冊　2012年（平24）6月配本開始

41	大伴旅人	おおとものたびと	中嶋真也
42	大伴家持	おおとものやかもち	小野寛
43	菅原道真	すがわらみちざね	佐藤信一
44	紫式部	むらさきしきぶ	植田恭代
45	能因	のういん	高重久美
46	源俊頼	みなもとのとしより（しゅんらい）	高野瀬恵子
47	源平の武将歌人		上宇都ゆりほ
48	西行	さいぎよう	橋本美香
49	鴨長明と寂蓮	ちょうめい　じゃくれん	小林一彦
50	俊成卿女と宮内卿	しゅんぜいきょうじょ　くないきょう	近藤香
51	源実朝	みなもとのさねとも	三木麻子
52	藤原為家	ふじわらためいえ	佐藤恒雄
53	京極為兼	きようごくためかね	石澤一志
54	正徹と心敬	しようてつ　しんけい	伊藤伸江
55	三条西実隆	さんじようにしさねたか	豊田恵子
56	おもろさうし		島村幸一
57	木下長嘯子	きのしたちようしようし	大内瑞恵
58	本居宣長	もとおりのりなが	山下久夫
59	僧侶の歌	そうりよのうた	小池一行
60	アイヌ神謡ユーカラ		篠原昌彦

推薦する——「コレクション日本歌人選」

篠　弘

●伝統詩から学ぶ

啄木の『一握の砂』、牧水の『別離』、さらに白秋の『桐の花』、茂吉の『赤光』が出てから、百年を迎えようとしている。こうした近代の短歌は、人間を詠みうる詩形として復活してきた。しかし、実生活や実人生を詠むばかりではなかった。その基調に、己が風土を見つめ、豊穣な自然を描出するという、万葉以来の美意識が深く作用していたことを忘れてはならない。季節感に富んだ風物と心情との一体化が如実に試みられていた。

この企画の出発によって、若い詩歌人たちが、秀歌の魅力を知る絶好の機会となるであろう。また和歌の研究者も、その深処を解明するために実作を始められてほしい。そうした果敢なる挑戦をうながすものとなるにちがいない。多くの秀歌に遭遇しうる至福の企画である。

松岡正剛

●日本精神史の正体

和泉式部がひそんで塚本邦雄がさんざめく。道真がタテに歌って啄木がヨコに詠む。西行法師が往時を彷徨して寺山修司が現在を走る。実に痛快で切実な組み立てだ。こういう詩歌人のコレクションはなかった。待ちどおしい。

和歌・短歌というものは日本人の背骨であって、日本語の源泉である。日本の文学史そのものであって、日本精神史の正体なのである。そのへんのことはこのコレクションのすぐれた解説を読まれるといい。

その一方で、和歌や短歌には今日のメールやツイッターに通じる軽みや速さや愉快がある。たちまち手に取れるし、目に綾をつくってくれる。漢字・旧仮名・ルビを含めて、このショートメッセージの大群からそういう表情をぞんぶんにも楽しまれたい。

コレクション日本歌人選　第Ⅳ期

第Ⅳ期　20冊　2018年（平30）11月配本開始

61	高橋虫麻呂と山部赤人	たかはしのむしまろとやまべのあかひと	多田一臣
62	笠女郎	かさのいらつめ	遠藤宏
63	藤原俊成	ふじわらしゅんぜい	渡邉裕美子
64	室町小歌	むろまちこうた	小野恭靖
65	蕪村	ぶそん	揖斐高
66	樋口一葉	ひぐちいちよう	島内裕子
67	森鷗外	もりおうがい	今野寿美
68	会津八一	あいづやいち	村尾誠一
69	佐佐木信綱	ささきのぶつな	佐佐木頼綱
70	葛原妙子	くずはらたえこ	川野里子
71	佐藤佐太郎	さとうさたろう	大辻隆弘
72	前川佐美雄	まえかわさみお	楠見朋彦
73	春日井建	かすがいけん	水原紫苑
74	竹山広	たけやまひろし	島内景二
75	河野裕子	かわのゆうこ	永田淳
76	おみくじの歌	おみくじのうた	平野多恵
77	天皇・親王の歌	てんのう・しんのうのうた	盛田帝子
78	戦争の歌	せんそうのうた	松村正直
79	プロレタリア短歌	ぷろれたりあたんか	松澤俊二
80	酒の歌	さけのうた	松村雄二